HEINRICH HEINE

O wie lieb ich das Meer

Ein Buch von der Nordsee

Herausgegeben von Jan-Christoph Hauschild

I Hoffmann und Campe I

Dies ist eine Textauswahl aus dem Buch *Heinrich Heine: Im Pavillon am Jungfernstieg. Eine literarische Reise von Helgoland bis in den Harz*, herausgegeben von Jan-Christoph Hauschild, erschienen 2006 im Hoffmann und Campe Verlag, Hamburg.

1. Auflage 2013
Copyright © für diese Ausgabe 2013
by Hoffmann und Campe Verlag, Hamburg
www.hoca.de
Einbandgestaltung: Katja Maasböl, Hamburg
Einbandmotiv: akg-images
Satz: Pinkuin Satz und Datentechnik, Berlin
Gesetzt aus der Sabon
Druck und Bindung: GGP Media GmbH, Pößneck
Printed in Germany
ISBN 978-3-455-40444-9

Ein Unternehmen der
GANSKE VERLAGSGRUPPE

INHALT

Vorwort	7
Seebilder	13
Norderney	53
Ostfriesland	86
Helgoland und Cuxhaven	92
Zeittafel	121
Textnachweis	126
Zum Autor	127
Zum Herausgeber	128

»HOFDICHTER DER NORDSEE«

Vorwort

Seit seiner Studentenzeit besuchte Heine, in erster Linie aus medizinisch-therapeutischen Gründen, regelmäßig Seebäder: in seiner deutschen Zeit, also vor 1831, Cuxhaven und Ritzebüttel (1823, 1826), Norderney (1825, 1826, 1827), Wangerooge (1827) und zuletzt das damals britische Helgoland (1829, 1830).

Im Sommer 1823 war er erstmals zu einer längeren Badekur an die Elbmündung gereist. Vom Meerwasserbaden und langen Strandspaziergängen versprach er sich eine heilende Wirkung auf sein schwaches Immunsystem. Nach bestandenem juristischem Examen »pro gradu doctoris iuris« durfte er sich im Sommer 1825 auf Kosten seines Hamburger Onkels Salomon Heine sechs Wochen lang auf Norderney erholen. Nachdem dort eine Spielbank errichtet worden war, entwickelte sich das ostfriesische Inselbad während der Saison zum Treffpunkt der vornehmen und extravaganten Welt. Bereits nach vier Wochen war das Geld fast ganz vertrödelt und verspielt, und Heine musste einen Jugendfreund anpumpen. Auch »mehrere Seefahrten« hat er unternommen und die ostfriesischen Nachbarinseln besucht, wie er dem Berliner Bekannten Friedrich Wilhelm Gubitz am 23. November berichtete.

Aufgrund eines Honorarvorschusses seines Hamburger Verlegers Julius Campe auf den zweiten Band der *Reisebilder* konnte sich Heine im Sommer 1826 erneut einen sechswöchigen Urlaub an der Nordsee leisten. Diesmal wagte er das Unerhörte und lernte schwimmen. »Das Meer«, schrieb er Campe am 29. Juli, »war so wild, dass ich oft zu versaufen glaubte. Aber dies wahlverwandte Element tut mir nichts Schlimmes. Es weiß recht gut,

dass ich noch toller sein kann. Und dann, bin ich nicht der Hof-
dichter der Nordsee?«

Noch ein weiteres Mal, nämlich im Anschluss an seinen Eng-
land-Aufenthalt Ende August 1827, kehrte Heine für ein paar
Tage nach Norderney zurück, ehe er nach Wangerooge wechselte.
Von dort aus hat er wohl auch Abstecher zu Sielhäfen gemacht,
woran sein Text über die Totenfahrt nach der weißen Insel erinnert – eine ostfriesische »Tradition«, die er, wohl nach mündlichen Quellen, »so getreu als möglich« wiederzugeben suchte.

Die Sommerferien 1829 und 1830 verbrachte Heine dann auf
Helgoland. Jahre später erfuhr der Schriftsteller Adolf Stahr von
Heines einstigen Quartiersleuten, dass ihnen dieser als »ein sehr
sonderbarer Mensch« vorgekommen sei: »Er konnte keine Uhr
ticken hören, wir mussten unsere Hausuhr anhalten, solange er
bei uns war!«

Sonst unterschieden sich Heines Beschäftigungen nicht we-
sentlich von denen anderer männlicher Badegäste: Er erkundete
die nähere Umgebung, machte Bootsausflüge, schloss Bekannt-
schaften, ging in Bibliotheken, flirtete mit Damen der Haute-
volee. Und er genoss den Anblick des Meeres, den Wechsel von
Ebbe und Flut, die stürmische Brandung. »O wie lieb ich das
Meer, ich bin mit diesem wilden Element so ganz herzinnig ver-
traut worden, und es ist mir wohl, wenn es tobt«, schrieb er
am 14. Oktober 1826 an den Dichterfreund Karl Immermann.
Der Schwester Charlotte Heine verriet er etwa zur selben Zeit:
»Wenn der Wind heult und pfeift, wird mir wohl, und mir ist, als
ob liebliche Stimmen mir Reime ins Ohr flüsterten ... ich bewun-
dere den Aufruhr der Natur; denn das bewegte Meer gleicht dem
Leben, und nur dann schlägt mein Herz gesund, wenn die Wellen
des Lebens recht hoch gehn!«

Bereits während seines ersten Cuxhaven-Aufenthalts oder unmittelbar im Anschluss verfasste Heine sieben kleine Seestücke,

die er später dem *Heimkehr*-Zyklus des *Buchs der Lieder* einverleibte, wo sie die Nummern 7 bis 12 und 14 bilden. Zwei davon, »Du schönes Fischermädchen« und »Das Meer erglänzte weit hinaus«, sind insbesondere durch die Vertonungen Franz Schuberts weltweit bekannt geworden. In ihrer eher traditionellen Liedform weisen sie noch keineswegs voraus auf die *Seebilder* der beiden ersten *Nordsee*-Abteilungen in den *Reisebildern*, in denen Heine dann so überaus »neue Töne« anschlug und womit er, auch eigenem Bekunden von 1850 nach, zum Pionier der Nordsee-Poesie wurde: »Denn wer kannte damals in Deutschland das Meer? [...] Damals schilderte man etwas der lesenden Menge völlig Unbekanntes, wenn man das Meer beschrieb, und das ist immer misslich. Ich musste mich, weil ich es obendrein in Versen beschrieb, an das Banalste halten. [...] Wenn ich das alles damals hätte dichterisch behandeln wollen, hätte es keiner verstanden, eben weil es unbekannte Dinge waren.«

Zwar hatten auch schon die Romantiker Ludwig Tieck und Wilhelm Müller das Meer besungen, doch kein bedeutender deutschsprachiger Dichter vor Heine wählte die Nordsee als poetischen Gegenstand. Mit ihren freien Rhythmen, dem Verzicht auf Reimwirkung und einer Vielzahl kühner Wortneuschöpfungen dokumentieren die beiden Abteilungen der *Nordsee* einen lyrischen Neuanfang Heines. Mal in jubelndem Lobgesang, mal im Ton bitterster Enttäuschung, ernst und ironisch, feierlich und bizarr, erhaben und humoristisch, drastisch konkret und mythologisch überhöht, aggressiv und hochpoetisch beweist Heine seine formale und thematische Vielseitigkeit. Darüber hinaus zeugen seine *Seebilder* von den inneren Kämpfen, die er insbesondere 1825, im Jahr seiner großen, aber relativ folgenlosen konfessionellen und beruflichen Entscheidungen, mit sich austrug.

Im zweiten Band der *Reisebilder* erhielt die *Nordsee* noch eine dritte, prosaische Abteilung. Es handelt sich dabei nicht um einen geschlossenen Text, sondern um eine Aneinanderreihung von oft polemischen Essays, worin der Charakter der ursprünglich von Heine geplanten Serie fingierter Nordsee-Briefe bewahrt ist. Es sind allein die Themen, die den Text strukturieren: Geschickt arrangiert, versammelt die dritte Abteilung eine kunterbunte Abfolge von Mitteilungen über das armselige Leben und die dumpfe Mentalität der Insulaner und die verführerischen Wirkungen des Strand- und Badelebens, über Katholizismus, Goethe, seemännische Wundersagen und den hannoverschen Adel; über Seelenwanderung, Napoleon und seine Biographen, über Walter Scott und Lord Byron. Während die beiden lyrischen Zyklen vom grandiosen Naturerlebnis geprägt waren und sich oftmals in Herzensempfindungen und mythologischen Spielereien verloren, drängte sich in der erzählenden Prosa das Meer nur noch kulissenhaft in die Reflexionen des Erzählers: Vielmehr wandte sich dessen Blick der sozialen, kulturellen und auch politischen Gegenwart im zerstückelten Deutschland mit seinen zahlreichen Kleinfürsten zu, war doch insbesondere Norderney in der Saison Tummelplatz des Adels. Diese künstliche Welt der Badegäste, zu der er selbst gehörte, konfrontierte Heine mit dem Selbstbewusstsein der »guten Bürger Ostfrieslands«, eines Volkes, »flach und nüchtern [...] wie der Boden, den es bewohnt«, geadelt jedoch durch ein besonderes Talent, womit es sich »über jene windige Dienstseelen erhebt, die allein edel zu sein wähnen« – das »Talent der Freiheit« nämlich.

Während seiner Nordsee-Aufenthalte lernte Heine wohl auch jene ostfriesische Überfahrts- oder Totensage kennen, die er in Übereinstimmung mit seinen mündlichen Quellen auf einer »weißen Insel« spielen lässt. Sie fand Jahre später Eingang in seine *Götter im Exil*, die vom Schicksal der alten Heidengottheiten und dem Weiterleben antiker Mythologien in der Neuzeit handeln. Dabei geht es einerseits um die christliche Vereinnahmung der antiken Mythologien, andererseits um die vom Christentum betriebene Verteufelung und Verfolgung heidnischer Glaubensvorstellungen, ein altes Lieblingsthema Heines, von dem schon »Die Götter Griechenlands« zeugt (ein 1826 entstandenes Gedicht aus dem zweiten *Nordsee*-Zyklus).

Heines zweiter Helgoland-Aufenthalt im Juli/August 1830 stand im Zeichen der politischen Zeitereignisse: Hier erfuhr er von einer Revolution in Paris, die zum Auftakt einer Serie von nationalen Befreiungs- und sozialen Protestbewegungen wurde und das System der Restauration, das die europäischen Mächte auf dem Wiener Kongress von 1815 beschlossen hatten, empfindlich erschütterte: Belgien erkämpfte seine Unabhängigkeit von den Niederlanden, in Polen brach ein Aufstand gegen die russische Oberherrschaft aus, Italien erhob sich gegen Österreich; Ende August erreichte die Woge des Aufruhrs auch Deutschland. Nach Jahren der politischen Restauration erging von Paris aus ein Signal an Europa, das 1789 begonnene Werk wiederaufzunehmen. Anstelle des letzten Bourbonenkönigs, der sich »von Gottes Gnaden König von Frankreich« hatte titulieren lassen, übernahm Louis-Philippe die Königswürde. Am 9. August 1830 leistete er als »König der Franzosen« seinen Eid auf die französische Verfassung; das »Julikönigtum« war geboren.

Dass Heines Briefe von Helgoland tatsächlich im Revolutionsjahr 1830 geschrieben wurden, gilt inzwischen als unwahrscheinlich. Möglich ist immerhin, dass er auf Tagebuchnotizen zurückgreifen konnte, in denen er die politische Resignationsstimmung unmittelbar vor Ausbruch der Julirevolution festhielt. Ihre künstlerische Gestalt dürften die Briefe erst im Zusammenhang mit Heines *Denkschrift* über Ludwig Börne erhalten haben, deren Entstehung sich über drei Jahre hinzog: Zwischen 1838 und 1840 – und damit parallel zu Stabilisierungsversuchen seines

Privatlebens (Konsolidierung der Finanzen, Lebensgemeinschaft mit Augustine »Mathilde« Mirat) – hielt Heine es für geraten, die Rolle des Schriftstellers in der Gesellschaft, das Verhältnis von »Dichter« und »Tribun«, die Beziehung zwischen künstlerischer und ideologischer Motivation neu zu bestimmen. In der großen Auseinandersetzung mit Ludwig Börne, seinem republikanischen Antipoden und Weggefährten des Exils, versuchte er eine politische wie literarische Standortbestimmung. Durch die Einfügung der Helgoländer Briefe, die das zweite von fünf Kapiteln der *Denkschrift* bilden, sollte die persönliche Dimension der Schrift entschärft werden.

Weiterführende Literatur:

Michael Werner (Hrsg.): *Begegnungen mit Heine. Berichte der Zeitgenossen*, 2 Bde., Hamburg 1973.

Jan-Christoph Hauschild/Michael Werner: *»Der Zweck des Lebens ist das Leben selbst.« Heinrich Heine. Eine Biografie*, Köln 1997.

Am Werfte zu Cuxhaven. Heinrich Heine, die Nordsee und Cuxhaven, Otterndorf 2000.

Michael Fleischer: *Heinrich Heine. Dichter der Nordsee*, Norderney 2001.

Eckhart Wallmann: *Heinrich Heine auf Helgoland*, Helgoland, 2. Aufl. 2002.

Theo Schuster (Hrsg.): *Die Überfahrt zur Weißen Insel*, Leer 2003.

SEEBILDER

Erster Zyklus

I Krönung

Ihr Lieder! Ihr meine guten Lieder!
Auf, auf! und wappnet euch!
Lasst die Trompeten klingen,
Und hebt mir auf den Schild
Dies junge Mädchen,
Das jetzt mein ganzes Herz
Beherrschen soll, als Königin.

Heil dir! du junge Königin!

Von der Sonne droben
Reiß ich das strahlend rote Gold,
Und webe draus ein Diadem
Für dein geweihtes Haupt.
Von der flatternd blauseidnen Himmelsdecke,
Worin die Nachtdiamanten blitzen,
Schneid ich ein kostbar Stück,
Und häng es dir, als Krönungsmantel,
Um deine königliche Schulter.
Ich gebe dir einen Hofstaat
Von steifgeputzten Sonetten,
Stolzen Terzinen und höflichen Stanzen;
Als Läufer diene dir mein Witz,
Als Hofnarr meine Phantasie,
Als Herold, die lachende Träne im Wappen,

Diene dir mein Humor.
Aber ich selber, Königin,
Ich knie vor dir nieder,
Und huldgend, auf rotem Sammetkissen,
Überreiche ich dir
Das bisschen Verstand,
Das mir aus Mitleid noch gelassen hat
Deine Vorgängerin im Reich.

II   Abenddämmerung

Am blassen Meeresstrande
Saß ich gedankenbekümmert und einsam.
Die Sonne neigte sich tiefer, und warf
Glührote Streifen auf das Wasser,
Und die weißen, weiten Wellen,
Von der Flut gedrängt,
Schäumten und rauschten näher und näher –
Ein seltsam Geräusch, ein Flüstern und Pfeifen,
Ein Lachen und Murmeln, Seufzen und Sausen,
Dazwischen ein wiegenliedheimliches Singen –
Mir war als hört ich verschollne Sagen,
Uralte, liebliche Märchen,
Die ich einst, als Knabe,
Von Nachbarskindern vernahm,
Wenn wir am Sommerabend,
Auf den Treppensteinen der Haustür,
Zum stillen Erzählen niederkauerten,
Mit kleinen, horchenden Herzen

Und neugierklugen Augen; –
Während die großen Mädchen,
Neben duftenden Blumentöpfen,
Gegenüber am Fenster saßen,
Rosengesichter,
Lächelnd und mondbeglänzt.

III   Sonnenuntergang

Die glühend rote Sonne steigt
Hinab ins weitaufschauernde,
Silbergraue Weltenmeer;
Luftgebilde, rosig angehaucht,
Wallen ihr nach; und gegenüber,
Aus herbstlich dämmernden Wolkenschleiern,
Ein traurig todblasses Antlitz,
Bricht hervor der Mond,
Und hinter ihm, Lichtfünkchen,
Nebelweit, schimmern die Sterne.

Einst am Himmel glänzten,
Ehlich vereint,
Luna, die Göttin, und Sol, der Gott,
Und es wimmelten um sie her die Sterne,
Die kleinen, unschuldigen Kinder.

Doch böse Zungen zischelten Zwiespalt,
Und es trennte sich feindlich
Das hohe, leuchtende Ehpaar.

Jetzt am Tage, in einsamer Pracht,
Ergeht sich dort oben der Sonnengott,
Ob seiner Herrlichkeit
Angebetet und vielbesungen
Von stolzen, glückgehärteten Menschen.
Aber des Nachts,
Am Himmel, wandelt Luna,
Die arme Mutter
Mit ihren verwaisten Sternenkindern,
Und sie glänzt in stiller Wehmut,
Und liebende Mädchen und sanfte Dichter
Weihen ihr Tränen und Lieder.

Die weiche Luna! Weiblich gesinnt,
Liebt sie noch immer den schönen Gemahl.
Gegen Abend, zitternd und bleich,
Lauscht sie hervor aus leichtem Gewölk,
Und schaut nach dem Scheidenden, schmerzlich,
Und möchte ihm ängstlich rufen: »Komm!
Komm! die Kinder verlangen nach dir –«
Aber der trotzige Sonnengott,
Bei dem Anblick der Gattin erglüht er
In doppeltem Purpur,
Vor Zorn und Schmerz,
Und unerbittlich eilt er hinab
In sein flutenkaltes Witwerbett.

* * *

Böse, zischelnde Zungen
Brachten also Schmerz und Verderben
Selbst über ewige Götter.
Und die armen Götter, oben am Himmel

Wandeln sie, qualvoll,
Trostlos unendliche Bahnen,
Und können nicht sterben,
Und schleppen mit sich
Ihr strahlendes Elend.

Ich aber, der Mensch,
Der niedriggepflanzte, der Tod-beglückte,
Ich klage nicht länger.

IV   Die Nacht am Strande

Sternlos und kalt ist die Nacht,
Es gärt das Meer;
Und über dem Meer, platt auf dem Bauch,
Liegt der ungestaltete Nordwind,
Und heimlich, mit ächzend gedämpfter Stimme,
Wie 'n störriger Griesgram, der gutgelaunt wird,
Schwatzt er ins Wasser hinein,
Und erzählt viel tolle Geschichten,
Riesenmärchen, totschlaglaunig,
Uralte Sagen aus Norweg,
Und dazwischen, weit schallend, lacht er und heult er
Beschwörungslieder der Edda,
Auch Runensprüche,
So dunkeltrotzig und zaubergewaltig,
Dass die weißen Meerkinder
Hoch aufspringen und jauchzen,
Übermutberauscht.

Derweilen, am flachen Gestade,
Über den flutbefeuchteten Sand,
Schreitet ein Fremdling, mit einem Herzen,
Das wilder noch als Wind und Wellen.
Wo er hintritt,
Sprühen Funken und knistern die Muscheln;
Und er hüllt sich fest in den grauen Mantel,
Und schreitet rasch durch die wehende Nacht; –
Sicher geleitet vom kleinen Lichte,
Das lockend und lieblich schimmert
Aus einsamer Fischerhütte.

Vater und Bruder sind auf der See,
Und mutterseelallein blieb dort
In der Hütte die Fischertochter,
Die wunderschöne Fischertochter.
Am Herde sitzt sie,
Und horcht auf des Wasserkessels
Ahnungssüßes, heimliches Summen,
Und schüttet knisterndes Reisig ins Feuer,
Und bläst hinein,
Dass die flackernd roten Lichter
Zauberlieblich widerstrahlen
Auf das blühende Antlitz,
Auf die zarte, weiße Schulter,
Die rührend hervorlauscht
Aus dem groben, grauen Hemde,
Und auf die kleine, sorgsame Hand,
Die das Unterröckchen fester bindet
Um die feine Hüfte.

Aber plötzlich, die Tür springt auf,
Und es tritt herein der nächtige Fremdling;
Liebesicher ruht sein Auge
Auf dem weißen, schlanken Mädchen,
Das schauernd vor ihm steht,
Gleich einer erschrockenen Lilje;
Und er wirft den Mantel zur Erde,
Und lacht und spricht:

Siehst du, mein Kind, ich halte Wort,
Und ich komme, und mit mir kommt
Die alte Zeit, wo die Götter des Himmels
Niederstiegen zu Töchtern der Menschen,
Und die Töchter der Menschen umarmten,
Und mit ihnen zeugten
Zeptertragende Königsgeschlechter
Und Helden, Wunder der Welt.
Doch staune, mein Kind, nicht länger
Ob meiner Göttlichkeit,
Und ich bitte dich, koche mir Tee mit Rum,
Denn draußen wars kalt,
Und bei solcher Nachtluft
Frieren auch wir, wir ewigen Götter,
Und kriegen wir leicht den göttlichsten Schnupfen,
Und einen unsterblichen Husten.

V Poseidon

Die Sonnenlichter spielten
Über das weithin rollende Meer;
Fern auf der Reede glänzte das Schiff,
Das mich zur Heimat tragen sollte;
Aber es fehlte an gutem Fahrwind,
Und ich saß noch ruhig auf weißer Düne,
Am einsamen Strand,
Und ich las das Lied vom Odysseus,
Das alte, das ewig junge Lied,
Aus dessen meerdurchrauschten Blättern
Mir freudig entgegenstieg
Der Atem der Götter,
Und der leuchtende Menschenfrühling,
Und der blühende Himmel von Hellas.

Mein edles Herz begleitete treulich
Den Sohn des Laertes, in Irrfahrt und Drangsal,
Setzte sich mit ihm, seelenbekümmert,
An gastliche Herde,
Wo Königinnen Purpur spinnen,
Und half ihm lügen und glücklich entrinnen
Aus Riesenhöhlen und Nymphenarmen,
Folgte ihm nach in kimmerische Nacht,
Und in Sturm und Schiffbruch,
Und duldete mit ihm unsägliches Elend.

Seufzend sprach ich: Du böser Poseidon,
Dein Zorn ist furchtbar,
Und mir selber bangt
Ob der eignen Heimkehr.

Kaum sprach ich die Worte,
Da schäumte das Meer,
Und aus den weißen Wellen stieg
Das schilfbekränzte Haupt des Meergotts,
Und höhnisch rief er:

Fürchte dich nicht, Poetlein!
Ich will nicht im Geringsten gefährden
Dein armes Schiffchen,
Und nicht dein liebes Leben beängstgen
Mit allzu bedenklichem Schaukeln.
Denn du, Poetlein, hast nie mich erzürnt,
Du hast kein einziges Türmchen verletzt
An Priamos' heiliger Feste,
Kein einziges Härchen hast du versengt
Am Aug meines Sohns Polyphemos,
Und dich hat niemals ratend beschützt
Die Göttin der Klugheit, Pallas Athene.

Also rief Poseidon
Und tauchte zurück ins Meer;
Und über den groben Seemannswitz,
Lachten unter dem Wasser
Amphitrite, das plumpe Fischweib,
Und die dummen Töchter des Nereus.

VI   Erklärung

Herangedämmert kam der Abend,
Wilder toste die Flut,
Und ich saß am Strand, und schaute zu
Dem weißen Tanz der Wellen,
Und meine Brust schwoll auf wie das Meer,
Und sehnend ergriff mich ein tiefes Heimweh
Nach dir, du holdes Bild,
Das überall mich umschwebt,
Und überall mich ruft,
Überall, überall,
Im Sausen des Windes, im Brausen des Meers,
Und im Seufzen der eigenen Brust.

Mit leichtem Rohr schrieb ich in den Sand:
»Agnes, ich liebe Dich!«
Doch böse Wellen ergossen sich
Über das süße Bekenntnis,
Und löschten es aus.

Zerbrechliches Rohr, zerstiebender Sand,
Zerfließende Wellen, Euch trau ich nicht mehr!
Der Himmel wird dunkler, mein Herz wird wilder,
Und mit starker Hand, aus Norwegs Wäldern,
Reiß ich die höchste Tanne,
Und tauche sie ein
In des Ätnas glühenden Schlund, und mit solcher
Feuergetränkten Riesenfeder
Schreib ich an die dunkle Himmelsdecke:
»Agnes, ich liebe Dich!«

Jedwede Nacht lodert alsdann
Dort oben die ewige Flammenschrift,
Und alle nachwachsende Enkelgeschlechter
Lesen jauchzend die Himmelsworte:
»Agnes, ich liebe Dich!«

VII   Nachts in der Kajüte

Das Meer hat seine Perlen,
Der Himmel hat seine Sterne,
Aber mein Herz, mein Herz,
Mein Herz hat seine Liebe.

Groß ist das Meer und der Himmel,
Doch größer ist mein Herz,
Und schöner als Perlen und Sterne
Leuchtet und strahlt meine Liebe.

Du kleines, junges Mädchen,
Komm an mein großes Herz;
Mein Herz und das Meer und der Himmel
Vergehn vor lauter Liebe.

★ ★ ★

An die blaue Himmelsdecke,
Wo die schönen Sterne blinken,
Möcht ich pressen meine Lippen,
Pressen wild und stürmisch weinen.

Jene Sterne sind die Augen
Meiner Liebsten, tausendfältig
Schimmern sie und grüßen freundlich
Aus der blauen Himmelsdecke.

Nach der blauen Himmelsdecke,
Nach den Augen der Geliebten,
Heb ich andachtsvoll die Arme,
Und ich bitte und ich flehe:

Holde Augen, Gnadenlichter,
O, beseligt meine Seele,
Lasst mich sterben und erwerben
Euch und Euren ganzen Himmel!

* * *

Aus den Himmelsaugen droben,
Fallen zitternd goldne Funken
Durch die Nacht, und meine Seele
Dehnt sich liebeweit und weiter.

O, Ihr Himmelsaugen droben!
Weint Euch aus in meine Seele,
Dass von lichten Sternentränen
Überfließet meine Seele.

* * *

Eingewiegt von Meereswellen
Und von träumenden Gedanken,
Lieg ich still in der Kajüte,
In dem dunkeln Winkelbette.

Durch die offne Luke schau ich
Droben hoch die hellen Sterne,
Die geliebten, süßen Augen
Meiner süßen Vielgeliebten.

Die geliebten, süßen Augen
Wachen über meinem Haupte,
Und sie blinken und sie winken
Aus der blauen Himmelsdecke.

Nach der blauen Himmelsdecke
Schau ich selig lange Stunden,
Bis ein weißer Nebelschleier
Mir verhüllt die lieben Augen.

* * *

An die bretterne Schiffswand,
Wo mein träumendes Haupt liegt,
Branden die Wellen, die wilden Wellen.
Sie rauschen und murmeln
Mir heimlich ins Ohr:
»Betörter Geselle!
Dein Arm ist kurz, und der Himmel ist weit,
Und die Sterne droben sind festgenagelt,
Mit goldnen Nägeln, –
Vergebliches Sehnen, vergebliches Seufzen,
Das Beste wäre, du schliefest ein.«

* * *

Es träumte mir von einer weiten Heide,
Weit überdeckt von stillem, weißem Schnee,
Und unterm weißen Schnee lag ich begraben
Und schlief den einsam kalten Todesschlaf.

Doch droben aus dem dunkeln Himmel schauten
Herunter auf mein Grab die Sternenaugen,
Die süßen Augen! und sie glänzten sieghaft
Und ruhig heiter, aber voller Liebe.

VIII   Sturm

Es wütet der Sturm,
Und er peitscht die Wellen,
Und die Welln, wutschäumend und bäumend,
Türmen sich auf, und es wogen lebendig
Die weißen Wasserberge,
Und das Schifflein erklimmt sie,
Hastig mühsam,
Und plötzlich stürzt es hinab
In schwarze, weitgähnende Flutabgründe –

O Meer!
Mutter der Schönheit, der Schaumentstiegenen!
Großmutter der Liebe! schone meiner!
Schon flattert, leichenwitternd,
Die weiße, gespenstige Möwe,
Und wetzt an dem Mastbaum den Schnabel,
Und lechzt, voll Fraßbegier, nach dem Herzen,
Das vom Ruhm deiner Tochter ertönt,

Und das dein Enkel, der kleine Schalk,
Zum Spielzeug erwählt.

Vergebens mein Bitten und Flehn!
Mein Rufen verhallt im tosenden Sturm,
Im Schlachtlärm der Winde.
Es braust und pfeift und prasselt und heult,
Wie ein Tollhaus von Tönen!
Und zwischendurch hör ich vernehmbar
Lockende Harfenlaute,
Sehnsuchtwilden Gesang,
Seelenschmelzend und seelenzerreißend,
Und ich erkenne die Stimme.

Fern an schottischer Felsenküste,
Wo das graue Schlösslein hinausragt
Über die brandende See,
Dort, am hochgewölbten Fenster,
Steht eine schöne, kranke Frau,
Zartdurchsichtig und marmorblass,
Und sie spielt die Harfe und singt,
Und der Wind durchwühlt ihre langen Locken,
Und trägt ihr dunkles Lied
Über das weite stürmende Meer.

IX Meeresstille

Meeresstille! Ihre Strahlen
Wirft die Sonne auf das Wasser,
Und im wogenden Geschmeide
Zieht das Schiff die grünen Furchen.

Bei dem Steuer liegt der Bootsmann
Auf dem Bauch, und schnarchet leise.
Bei dem Mastbaum, segelflickend,
Kauert der beteerte Schiffsjung.

Hinterm Schmutze seiner Wangen
Sprüht es rot, wehmütig zuckt es
Um das breite Maul, und schmerzlich
Schaun die großen, schönen Augen.

Denn der Kapitän steht vor ihm,
Tobt und flucht und schilt ihn: Spitzbub.
»Spitzbub! einen Hering hast du
Aus der Tonne mir gestohlen!«

Meeresstille! Aus den Wellen
Taucht hervor ein kluges Fischlein,
Wärmt das Köpfchen in der Sonne,
Plätschert lustig mit dem Schwänzchen.

Doch die Möwe, aus den Lüften,
Schießt herunter auf das Fischlein,
Und den raschen Raub im Schnabel,
Schwingt sie sich hinauf ins Blaue.

X Seegespenst

Ich aber lag am Rande des Schiffes,
Und schaute, träumenden Auges,
Hinab in das spiegelklare Wasser,
Und schaute tiefer und tiefer –
Bis tief, im Meeresgrunde,
Anfangs wie dämmernde Nebel,
Jedoch allmählig farbenbestimmter,
Kirchenkuppel und Türme sich zeigten,
Und endlich, sonnenklar, eine ganze Stadt,
Altertümlich niederländisch,
Und menschenbelebt.
Bedächtige Männer, schwarz bemäntelt,
Mit weißen Halskrausen und Ehrenketten
Und langen Degen und langen Gesichtern,
Schreiten über den wimmelnden Marktplatz,
Nach dem treppenhohen Rathaus,
Wo steinerne Kaiserbilder
Wacht halten mit Zepter und Schwert.
Unferne, vor langen Häuser-Reihn,
Wo spiegelblanke Fenster
Und pyramidisch beschnittene Linden,
Wandeln seidenrauschende Jungfern,
Schlanke Leibchen, die Blumengesichter
Sittsam umschlossen von schwarzen Mützchen
Und hervorquellendem Goldhaar.
Bunte Gesellen, in spanischer Tracht,
Stolzieren vorüber und nicken.
Bejahrte Frauen,
In braunen, verschollnen Gewändern,
Gesangbuch und Rosenkranz in der Hand,

Eilen, trippelnden Schritts,
Nach dem großen Dome,
Getrieben von Glockengeläute
Und rauschendem Orgelton.

Mich selbst ergreift des fernen Klangs
Geheimnisvoller Schauer!
Unendliches Sehnen, tiefe Wehmut,
Beschleicht mein Herz,
Mein kaum geheiltes Herz; –
Mir ist als würden seine Wunden
Von lieben Lippen aufgeküsst,
Und täten wieder bluten, –
Heiße, rote Tropfen,
Die lang und langsam niederfalln
Auf ein altes Haus, dort unten
In der tiefen Meerstadt,
Auf ein altes, hochgegiebeltes Haus,
Das melancholisch menschenleer ist,
Nur dass am untern Fenster
Ein Mädchen sitzt,
Den Kopf auf den Arm gestützt,
Wie ein armes, vergessenes Kind –
Und ich kenne dich armes, vergessenes Kind!

So tief, meertief also
Verstecktest du dich vor mir,
Aus kindischer Laune,
Und konntest nicht mehr herauf,
Und saßest fremd unter fremden Leuten,
Jahrhundertelang,
Derweilen ich, die Seele voll Gram,

Auf der ganzen Erde dich suchte,
Und immer dich suchte,
Du Immergeliebte,
Du Längstverlorene,
Du Endlichgefundene –
Ich hab dich gefunden und schaue wieder
Dein süßes Gesicht,
Die klugen, treuen Augen,
Das liebe Lächeln –
Und nimmer will ich dich wieder verlassen,
Und ich komme hinab zu dir,
Und mit ausgebreiteten Armen
Stürz ich hinab an dein Herz –

Aber zur rechten Zeit noch
Ergriff mich beim Fuß der Kapitän,
Und zog mich vom Schiffsrand,
Und rief, ärgerlich lachend:
»Doktor, sind Sie des Teufels?«

XI   Reinigung

Bleib du in deiner Meerestiefe,
Wahnsinniger Traum,
Der du einst so manche Nacht
Mein Herz mit falschem Glück gequält hast,
Und jetzt, als See-Gespenst,
Sogar am hellen Tag mich bedrohest –
Bleib du dort unten, in Ewigkeit,
Und ich werfe noch zu dir hinab

All meine Schmerzen und Sünden,
Und die Schellenkappe der Torheit,
Die so lange mein Haupt umklingelt,
Und die kalte, gleißende Schlangenhaut
Der Heuchelei,
Die mir so lang die Seele umwunden,
Die kranke Seele,
Die gottverleugnende, engelverleugnende,
Unselige Seele –
Hoiho! hoiho! Da kommt der Wind!
Die Segel auf! Sie flattern und schwelln!
Über die stillverderbliche Fläche
Eilet das Schiff,
Und es jauchzt die befreite Seele.

XII   Frieden

Hoch am Himmel stand die Sonne,
Von weißen Wolken umwogt,
Das Meer war still,
Und sinnend lag ich am Steuer des Schiffes,
Träumerisch sinnend, – und halb im Wachen
Und halb im Schlummer, schaute ich Christus,
Den Heiland der Welt.
Im wallend weißen Gewande
Wandelt' er riesengroß
Über Land und Meer;
Es ragte sein Haupt in den Himmel,
Die Hände streckte er segnend
Über Land und Meer;

Und als ein Herz in der Brust
Trug er die Sonne,
Die rote, flammende Sonne,
Und das rote, flammende Sonnenherz
Goss seine Gnadenstrahlen
Und sein holdes, liebseliges Licht,
Erleuchtend und wärmend,
Über Land und Meer.

Glockenklänge zogen feierlich
Hin und her, zogen wie Schwäne,
An Rosenbändern, das gleitende Schiff,
Und zogen es spielend ans grüne Ufer,
Wo Menschen wohnen, in hochgetürmter,
Ragender Stadt.

O Friedenswunder! Wie still die Stadt!
Es ruhte das dumpfe Geräusch
Der schwatzenden, schwülen Gewerbe,
Und durch die reinen, hallenden Straßen
Wandelten Menschen, weißgekleidete,
Palmzweigtragende,
Und wo sich zwei begegneten,
Sahn sie sich an, verständnisinnig,
Und schauernd, in Liebe und süßer Entsagung,
Küssten sie sich auf die Stirne,
Und schauten hinauf
Nach des Heilands Sonnenherzen,
Das freudig versöhnend sein rotes Blut
Hinunterstrahlte,
Und dreimalselig sprachen sie:
Gelobt sei Jesu Christ!

Zweiter Zyklus

I Meergruß

Thalatta! Thalatta!
Sei mir gegrüßt, du ewiges Meer!
Sei mir gegrüßt zehntausendmal,
Aus jauchzendem Herzen,
Wie einst dich begrüßten
Zehntausend Griechenherzen,
Unglückbekämpfende, heimatverlangende,
Weltberühmte Griechenherzen.

Es wogten die Fluten,
Sie wogten und brausten,
Die Sonne goss eilig herunter
Die spielenden Rosenlichter,
Die aufgescheuchten Möwenzüge
Flatterten fort, laut schreiend,
Es stampften die Rosse, es klirrten die Schilde,
Und weithin erscholl es, wie Siegesruf:
Thalatta! Thalatta!

Sei mir gegrüßt, du ewiges Meer!
Wie Sprache der Heimat rauscht mir dein Wasser,
Wie Träume der Kindheit seh ich es flimmern
Auf deinem wogenden Wellengebiet,
Und alte Erinnrung erzählt mir aufs Neue
Von all dem lieben, herrlichen Spielzeug,

Von all den blinkenden Weihnachtsgaben,
Von all den roten Korallenbäumen,
Goldfischchen, Perlen und bunten Muscheln,
Die du geheimnisvoll bewahrst,
Dort unten im klaren Kristallhaus.

O! wie hab ich geschmachtet in öder Fremde!
Gleich einer welken Blume
In des Botanikers blecherner Kapsel,
Lag mir das Herz in der Brust.
Mir ist, als saß ich winterlange,
Ein Kranker, in dunkler Krankenstube,
Und nun verlass ich sie plötzlich,
Und blendend strahlt mir entgegen
Der schmaragdene Frühling, der sonnengeweckte,
Und es rauschen die weißen Blütenbäume,
Und die jungen Blumen schauen mich an,
Mit bunten, duftenden Augen,
Und es duftet und summt, und atmet und lacht,
Und im blauen Himmel singen die Vöglein –
Thalatta! Thalatta!

Du tapferes Rückzugherz!
Wie oft, wie bitteroft
Bedrängten dich des Nordens Barbarinnen!
Aus großen, siegenden Augen
Schossen sie brennende Pfeile;
Mit krummgeschliffenen Worten
Drohten sie mir die Brust zu spalten;
Mit Keilschriftbilletts zerschlugen sie mir
Das arme, betäubte Gehirn –
Vergebens hielt ich den Schild entgegen,

Die Pfeile zischten, die Hiebe krachten,
Und von des Nordens Barbarinnen
Ward ich gedrängt bis ans Meer,
Und frei aufatmend begrüß ich das Meer,
Das liebe, rettende Meer –
Thalatta! Thalatta!

II   Gewitter

Dumpf liegt auf dem Meer das Gewitter,
Und durch die schwarze Wolkenwand
Zuckt der zackige Wetterstrahl,
Rasch aufleuchtend und rasch verschwindend,
Wie ein Witz aus dem Haupte Kronions.
Über das wüste, wogende Wasser
Weithin rollen die Donner
Und springen die weißen Wellenrosse,
Die Boreas selber gezeugt
Mit des Erichthons reizenden Stuten,
Und es flattert ängstlich das Seegevögel,
Wie Schattenleichen am Styx,
Die Charon abwies vom nächtlichen Kahn.

Armes, lustiges Schifflein,
Das dort dahintanzt den schlimmsten Tanz!
Äolus schickt ihm die flinksten Gesellen,
Die wild aufspielen zum fröhlichen Reigen;
Der eine pfeift, der andre bläst,
Der Dritte streicht den dumpfen Brummbass –
Und der schwankende Seemann steht am Steuer,

Und schaut beständig nach der Bussole,
Der zitternden Seele des Schiffes,
Und hebt die Hände flehend zum Himmel:
O rette mich, Castor, reisiger Held,
Und Du, Kämpfer der Faust, Polydeukes!

III   Der Schiffbrüchige

Hoffnung und Liebe! Alles zertrümmert!
Und ich selber, gleich einer Leiche,
Die grollend ausgeworfen das Meer,
Lieg ich am Strande,
Am öden, kahlen Strande.
Vor mir woget die Wasserwüste,
Hinter mir liegt nur Kummer und Elend,
Und über mich hin ziehen die Wolken,
Die formlos grauen Töchter der Luft,
Die aus dem Meer, in Nebeleimern,
Das Wasser schöpfen,
Und es mühsam schleppen und schleppen,
Und es wieder verschütten ins Meer,
Ein trübes, langweilges Geschäft,
Und nutzlos, wie mein eignes Leben.

Die Wogen murmeln, die Möwen schrillen,
Alte Erinnrungen wehen mich an,
Vergessene Träume, erloschene Bilder,
Qualvoll süße, tauchen hervor!

Es lebt ein Weib im Norden,
Ein schönes Weib, königlich schön.
Die schlanke Zypressengestalt
Umschließt ein lüstern weißes Gewand;
Die dunkle Lockenfülle,
Wie eine selige Nacht,
Von dem flechtengekrönten Haupt sich ergießend,
Ringelt sich träumerisch süß
Um das süße, blasse Antlitz;
Und aus dem süßen, blassen Antlitz,
Groß und gewaltig, strahlt ein Auge,
Wie eine schwarze Sonne.

O, du schwarze Sonne, wie oft,
Entzückend oft, trank ich aus dir
Die wilden Begeistrungsflammen,
Und stand und taumelte, feuerberauscht –
Dann schwebte ein taubenmildes Lächeln
Um die hochgeschürzten, stolzen Lippen,
Und die hochgeschürzten, stolzen Lippen
Hauchten Worte, süß wie Mondlicht,
Und zart wie der Duft der Rose –
Und meine Seele erhob sich
Und flog, wie ein Aar, hinauf in den Himmel!

Schweigt, ihr Wogen und Möwen!
Vorüber ist alles, Glück und Hoffnung,
Hoffnung und Liebe! Ich liege am Boden,
Ein öder, schiffbrüchiger Mann,
Und drücke mein glühendes Antlitz
In den feuchten Sand.

IV   Untergang der Sonne

Die schöne Sonne
Ist ruhig hinabgestiegen ins Meer;
Die wogenden Wasser sind schon gefärbt
Von der dunkeln Nacht,
Nur noch die Abendröte
Überstreut sie mit goldnen Lichtern;
Und die rauschende Flutgewalt
Drängt ans Ufer die weißen Wellen,
Die lustig und hastig hüpfen,
Wie wollige Lämmerherden,
Die abends der singende Hirtenjunge
Nach Hause treibt.

Wie schön ist die Sonne!
So sprach nach langem Schweigen der Freund,
Der mit mir am Strande wandelte,
Und scherzend halb und halb wehmütig,
Versichert' er mir: die Sonne sei
Eine schöne Frau, die den alten Meergott
Aus Konvenienz geheiratet;
Des Tages über wandle sie freudig
Am hohen Himmel, purpurgeputzt,
Und diamantenblitzend,
Und allgeliebt und allbewundert
Von allen Weltkreaturen,
Und alle Weltkreaturen erfreuend
Mit ihres Blickes Licht und Wärme;
Aber des Abends, trostlos gezwungen,
Kehre sie wieder zurück

In das nasse Haus, in die öden Arme
Des greisen Gemahls.

»Glaub mirs« – setzte hinzu der Freund,
Und lachte und seufzte und lachte wieder –
»Die führen dort unten die zärtlichste Ehe!
Entweder sie schlafen oder sie zanken sich,
Dass hoch aufbraust hier oben das Meer,
Und der Schiffer im Wellengeräusch es hört
Wie der Alte sein Weib ausschilt:
»Runde Metze des Weltalls!
Strahlenbuhlende!
Den ganzen Tag glühst du für andre,
Und nachts, für mich, bist du frostig und müde!«
Nach solcher Gardinenpredigt,
Versteht sich! bricht dann aus in Tränen
Die stolze Sonne und klagt ihr Elend,
Und klagt so jammerlang, dass der Meergott
Plötzlich verzweiflungsvoll aus dem Bett springt,
Und schnell nach der Meeresfläche herauf schwimmt,
Um Luft und Besinnung zu schöpfen.

So sah ich ihn selbst, verflossene Nacht,
Bis an die Brust dem Meer enttauchen.
Er trug eine Jacke von gelbem Flanell,
Und eine liljenweiße Schlafmütz,
Und ein abgewelktes Gesicht.

V Der Gesang der Okeaniden

Abendlich blasser wird es am Meer,
Und einsam, mit seiner einsamen Seele,
Sitzt dort ein Mann auf dem kahlen Strand,
Und schaut, todkalten Blickes, hinauf
Nach der weiten, todkalten Himmelswölbung,
Und schaut auf das weite, wogende Meer –
Und über das weite, wogende Meer,
Lüftesegler, ziehn seine Seufzer,
Und kehren zurück, trübselig,
Und hatten verschlossen gefunden das Herz,
Worin sie ankern wollten –
Und er stöhnt so laut, dass die weißen Möwen,
Aufgescheucht aus den sandigen Nestern,
Ihn herdenweis umflattern,
Und er spricht zu ihnen die lachenden Worte:

»Schwarzbeinigte Vögel,
Mit weißen Flügeln meerüberflatternde,
Mit krummen Schnäbeln seewassersaufende,
Und tranigtes Robbenfleisch fressende,
Eur Leben ist bitter wie Eure Nahrung!
Ich aber, der Glückliche, koste nur Süßes!
Ich koste den süßen Duft der Rose,
Der mondscheingefütterten Nachtigallbraut;
Ich koste noch süßeres Zuckerbackwerk,
Gefüllt mit geschlagener Sahne;
Und das Allersüßeste kost ich,
Süße Liebe und süßes Geliebtsein.

Sie liebt mich! Sie liebt mich! die holde Jungfrau!
Jetzt steht sie daheim, am Erker des Hauses,
Und schaut in die Dämmrung hinaus, auf die Landstraß,
Und horcht, und sehnt sich nach mir – wahrhaftig!
Vergebens späht sie umher und sie seufzet,
Und seufzend steigt sie hinab in den Garten,
Und wandelt in Duft und Mondschein,
Und spricht mit den Blumen, erzählet ihnen,
Wie ich, der Geliebte, so lieblich bin
Und so liebenswürdig – wahrhaftig!
Nachher im Bette, im Schlafe, im Traum,
Umgaukelt sie selig mein teures Bild,
Sogar des Morgens, beim Frühstück,
Auf dem glänzenden Butterbrote,
Sieht sie mein lächelndes Antlitz,
Und sie frisst es auf vor Liebe – wahrhaftig!«

Also prahlt er und prahlt er,
Und zwischendrein schrillen die Möwen,
Wie kaltes, ironisches Kichern.
Die Dämmrungsnebel steigen herauf;
Aus violettem Gewölk, unheimlich,
Schaut hervor der grasgelbe Mond;
Hoch aufrauschen die Meereswogen,
Und tief aus hochaufrauschendem Meer,
Wehmütig wie flüsternder Windzug,
Tönt der Gesang der Okeaniden,
Der schönen, mitleidigen Wasserfraun,
Vor allen vernehmbar die liebliche Stimme
Der silberfüßigen Peleus-Gattin,
Und sie seufzen und singen:

O Tor, du Tor, du prahlender Tor!
Du kummergequälter!
Dahingemordet sind all deine Hoffnungen,
Die tändelnden Kinder des Herzens,
Und ach! dein Herz, Nioben gleich,
Versteinert vor Gram!
In deinem Haupte wirds Nacht,
Und es zucken hindurch die Blitze des Wahnsinns,
Und du prahlst vor Schmerzen!
O Tor, du Tor, du prahlender Tor!
Halsstarrig bist du wie dein Ahnherr,
Der hohe Titane, der himmlisches Feuer
Den Göttern stahl und den Menschen gab,
Und geiergequälet, felsengefesselt,
Olympauf trotzte und trotzte und stöhnte,
Dass wir es hörten im tiefen Meer
Und zu ihm kamen mit Trostgesang.
O Tor, du Tor, du prahlender Tor!
Du aber bist ohnmächtiger noch,
Und es wäre vernünftig, du ehrtest die Götter,
Und trügest geduldig die Last des Elends,
Und trügest geduldig so lange, so lange,
Bis Atlas selbst die Geduld verliert
Und die schwere Welt von den Schultern abwirft
In die ewige Nacht.

So scholl der Gesang der Okeaniden,
Der schönen mitleidigen Wasserfraun,
Bis lautere Wogen ihn überrauschten –
Hinter die Wolken zog sich der Mond,
Es gähnte die Nacht,
Und ich saß noch lange im Dunkeln und weinte.

VI   Die Götter Griechenlands

Vollblühender Mond! In deinem Licht,
Wie fließendes Gold, erglänzt das Meer;
Wie Tagesklarheit, doch dämmrig verzaubert,
Liegts über der weiten Strandesfläche;
Und am hellblaun, sternlosen Himmel
Schweben die weißen Wolken,
Wie kolossale Götterbilder
Von leuchtendem Marmor.

Nein, nimmermehr, das sind keine Wolken!
Das sind sie selber, die Götter von Hellas,
Die einst so freudig die Welt beherrschten,
Doch jetzt, verdrängt und verstorben,
Als ungeheure Gespenster dahinziehn
Am mitternächtlichen Himmel.

Staunend, und seltsam geblendet, betracht ich
Das luftige Pantheon,
Die feierlich stummen, graunhaft bewegten
Riesengestalten.
Der dort ist Kronion, der Himmelskönig,
Schneeweiß sind die Locken des Haupts,
Die berühmten, olymposerschütternden Locken.
Er hält in der Hand den erloschenen Blitz,
In seinem Antlitz liegt Unglück und Gram,
Und doch noch immer der alte Stolz.
Das waren bessere Zeiten, o Zeus,
Als du dich himmlisch ergötztest
An Knaben und Nymphen und Hekatomben;

Doch auch die Götter regieren nicht ewig,
Die jungen verdrängen die alten,
Wie du einst selber den greisen Vater
Und deine Titanen-Öhme verdrängt hast,
Jupiter Parricida!
Auch dich erkenn ich, stolze Juno!
Trotz all deiner eifersüchtigen Angst,
Hat doch eine andre das Zepter gewonnen,
Und du bist nicht mehr die Himmelsköngin,
Und dein großes Aug ist erstarrt,
Und deine Liljenarme sind kraftlos,
Und nimmermehr trifft deine Rache
Die gottbefruchtete Jungfrau
Und den wundertätigen Gottessohn.
Auch dich erkenn ich, Pallas Athene!
Mit Schild und Weisheit konntest du nicht
Abwehren das Götterverderben?
Auch dich erkenn ich, auch dich, Aphrodite,
Einst die goldene! jetzt die silberne!
Zwar schmückt dich noch immer des Gürtels Liebreiz,
Doch graut mir heimlich vor deiner Schönheit,
Und wollt mich beglücken dein gütiger Leib,
Wie andere Helden, ich stürbe vor Angst –
Als Leichengöttin erscheinst du mir,
Venus Libitina!
Nicht mehr mit Liebe blickt nach dir,
Dort, der schreckliche Ares.
Es schaut so traurig Phöbos Apollo,
Der Jüngling. Es schweigt seine Leir,
Die so freudig erklungen beim Göttermahl.
Noch trauriger schaut Hephaistos,

Und wahrlich, der Hinkende! nimmermehr
Fällt er Heben ins Amt,
Und schenkt geschäftig, in der Versammlung,
Den lieblichen Nektar – Und längst ist erloschen
Das unauslöschliche Göttergelächter.

Ich hab Euch niemals geliebt, Ihr Götter!
Denn widerwärtig sind mir die Griechen,
Und gar die Römer sind mir verhasst.
Doch heilges Erbarmen und schauriges Mitleid
Durchströmt mein Herz,
Wenn ich Euch jetzt da droben schaue,
Verlassene Götter,
Tote, nachtwandelnde Schatten,
Nebelschwache, die der Wind verscheucht –
Und wenn ich bedenke, wie feig und windig
Die Götter sind, die Euch besiegten,
Die neuen, herrschenden, tristen Götter,
Die Schadenfrohen im Schafspelz der Demut –
O da fasst mich ein düsterer Groll,
Und brechen möcht ich die neuen Tempel,
Und kämpfen für Euch, Ihr alten Götter,
Für Euch und Eur gutes, ambrosisches Recht,
Und vor Euren hohen Altären,
Den wiedergebauten, den opferdampfenden,
Möcht ich selber knien und beten,
Und flehend die Arme erheben –

Denn, immerhin, Ihr alten Götter,
Habt Ihrs auch ehmals, in Kämpfen der Menschen,
Stets mit der Partei der Sieger gehalten,

So ist doch der Mensch großmütger als Ihr,
Und in Götterkämpfen halt ich es jetzt
Mit der Partei der besiegten Götter.

* * *

Also sprach ich, und sichtbar erröteten
Droben die blassen Wolkengestalten,
Und schauten mich an wie Sterbende,
Schmerzenverklärt, und schwanden plötzlich.
Der Mond verbarg sich eben
Hinter Gewölk, das dunkler heranzog;
Hoch aufrauschte das Meer,
Und siegreich traten hervor am Himmel
Die ewigen Sterne.

VII   Fragen

Am Meer, am wüsten, nächtlichen Meer
Steht ein Jüngling-Mann,
Die Brust voll Wehmut, das Haupt voll Zweifel,
Und mit düstern Lippen fragt er die Wogen:

»O löst mir das Rätsel des Lebens,
Das qualvoll uralte Rätsel,
Worüber schon manche Häupter gegrübelt,
Häupter in Hieroglyphenmützen,
Häupter in Turban und schwarzem Barett,
Perückenhäupter und tausend andre
Arme, schwitzende Menschenhäupter –
Sagt mir, was bedeutet der Mensch?

Woher ist er kommen? Wo geht er hin?
Wer wohnt dort oben auf goldenen Sternen?«

Es murmeln die Wogen ihr ewges Gemurmel,
Es wehet der Wind, es fliehen die Wolken,
Es blinken die Sterne, gleichgültig und kalt,
Und ein Narr wartet auf Antwort.

VIII   Der Phönix

Es kommt ein Vogel geflogen aus Westen,
Er fliegt gen Osten,
Nach der östlichen Gartenheimat,
Wo Spezereien duften und wachsen,
Und Palmen rauschen und Brunnen kühlen –
Und fliegend singt der Wundervogel:

»Sie liebt ihn! sie liebt ihn!
Sie trägt sein Bildnis im kleinen Herzen,
Und trägt es süß und heimlich verborgen,
Und weiß es selbst nicht!
Aber im Traume steht er vor ihr,
Sie bittet und weint und küsst seine Hände,
Und ruft seinen Namen,
Und rufend erwacht sie und liegt erschrocken,
Und reibt sich verwundert die schönen Augen –
Sie liebt ihn! sie liebt ihn!«

* * *

An den Mastbaum gelehnt, auf dem hohen Verdeck,
Stand ich und hört ich des Vogels Gesang.
Wie schwarzgrüne Rosse mit silbernen Mähnen,
Sprangen die weißgekräuselten Wellen;
Wie Schwänenzüge schifften vorüber,
Mit schimmernden Segeln, die Helgolander,
Die kecken Nomaden der Nordsee;
Über mir, in dem ewigen Blau,
Flatterte weißes Gewölk
Und prangte die ewige Sonne,
Die Rose des Himmels, die feuerblühende,
Die freudvoll im Meer sich bespiegelte; –
Und Himmel und Meer und mein eigenes Herz
Ertönten im Nachhall:
Sie liebt ihn! sie liebt ihn!

IX   Im Hafen

Glücklich der Mann, der den Hafen erreicht hat,
Und hinter sich ließ das Meer und die Stürme,
Und jetzo warm und ruhig sitzt
Im guten Ratskeller zu Bremen.

Wie doch die Welt so traulich und lieblich
Im Römerglas sich widerspiegelt,
Und wie der wogende Mikrokosmus
Sonnig hinabfließt ins durstige Herz!
Alles erblick ich im Glas,
Alte und neue Völkergeschichte,

Türken und Griechen, Hegel und Gans,
Zitronenwälder und Wachtparaden,
Berlin und Schilda und Tunis und Hamburg,
Vor allem aber das Bild der Geliebten,
Das Engelköpfchen auf Rheinweingoldgrund.

O, wie schön! wie schön bist du, Geliebte!
Du bist wie eine Rose!
Nicht wie die Rose von Schiras,
Die hafisbesungene Nachtigallbraut;
Nicht wie die Rose von Saron,
Die heiligrote, prophetengefeierte; –
Du bist wie die Ros im Ratskeller zu Bremen!
Das ist die Rose der Rosen,
Je älter sie wird, je lieblicher blüht sie,
Und ihr himmlischer Duft, er hat mich beseligt,
Er hat mich begeistert, er hat mich berauscht,
Und hielt mich nicht fest, am Schopfe fest,
Der Ratskellermeister von Bremen,
Ich wäre gepurzelt!

Der brave Mann! wir saßen beisammen
Und tranken wie Brüder,
Wir sprachen von hohen, heimlichen Dingen,
Wir seufzten und sanken uns in die Arme,
Und er hat mich bekehrt zum Glauben der Liebe, –
Ich trank auf das Wohl meiner bittersten Feinde,
Und allen schlechten Poeten vergab ich,
Wie einst mir selber vergeben soll werden, –
Ich weinte vor Andacht, und endlich
Erschlossen sich mir die Pforten des Heils,
Wo die zwölf Apostel, die heilgen Stückfässer,

Schweigend predgen, und doch so verständlich
Für alle Völker.

Das sind Männer!
Unscheinbar von außen, in hölzernen Röcklein,
Sind sie von innen schöner und leuchtender
Denn all die stolzen Leviten des Tempels
Und des Herodes Trabanten und Höflinge,
Die goldgeschmückten, die purpurgekleideten –
Hab ich doch immer gesagt,
Nicht unter ganz gemeinen Leuten,
Nein, in der allerbesten Gesellschaft,
Lebte beständig der König des Himmels!

Hallelujah! Wie lieblich umwehen mich
Die Palmen von Beth El!
Wie duften die Myrrhen vom Hebron!
Wie rauscht der Jordan und taumelt vor Freude!
Auch meine unsterbliche Seele taumelt,
Und ich taumle mit ihr und taumelnd
Bringt mich die Treppe hinauf, ans Tagslicht,
Der brave Ratskellermeister von Bremen.

Du braver Ratskellermeister von Bremen!
Siehst du, auf den Dächern der Häuser sitzen
Die Engel und sind betrunken und singen;
Die glühende Sonne dort oben
Ist nur eine rote, betrunkene Nase,
Die Nase des Weltgeists;
Und um die rote Weltgeist-Nase
Dreht sich die ganze, betrunkene Welt.

X Epilog

Wie auf dem Felde die Weizenhalmen,
So wachsen und wogen im Menschengeist
Die Gedanken.
Aber die zarten Gedanken der Liebe
Sind wie lustig dazwischenblühende,
Rot und blaue Blumen.

Rot und blaue Blumen!
Der mürrische Schnitter verwirft Euch als nutzlos,
Hölzerne Flegel zerdreschen Euch höhnend,
Sogar der hablose Wanderer,
Den Eur Anblick ergötzt und erquickt,
Schüttelt das Haupt,
Und nennt Euch schönes Unkraut.
Aber die ländliche Jungfrau,
Die Kränzewinderin,
Verehrt Euch und pflückt Euch,
Und schmückt mit Euch die schönen Locken,
Und also geziert, eilt sie zum Tanzplatz,
Wo Pfeifen und Geigen lieblich ertönen,
Oder zur stillen Buche,
Wo die Stimme des Liebsten noch lieblicher tönt
Als Pfeifen und Geigen.

Die Nordsee. 1825–1826.

NORDERNEY

– – – Die Eingeborenen sind meistens blutarm und leben vom Fischfang, der erst im nächsten Monat, im Oktober, bei stürmischem Wetter, seinen Anfang nimmt. Viele dieser Insulaner dienen auch als Matrosen auf fremden Kauffahrteischiffen und bleiben jahrelang vom Hause entfernt, ohne ihren Angehörigen irgendeine Nachricht von sich zukommen zu lassen. Nicht selten finden sie den Tod auf dem Wasser. Ich habe einige arme Weiber auf der Insel gefunden, deren ganze männliche Familie solcherweise umgekommen; was sich leicht ereignet, da der Vater mit seinen Söhnen gewöhnlich auf demselben Schiffe zur See fährt. Das Seefahren hat für diese Menschen einen großen Reiz; und dennoch, glaube ich, daheim ist ihnen allen am wohlsten zumute. Sind sie auch auf ihren Schiffen sogar nach jenen südlichen Ländern gekommen, wo die Sonne blühender und der Mond romantischer leuchtet, so können doch alle Blumen dort nicht den Leck ihres Herzens stopfen, und mitten in der duftigen Heimat des Frühlings sehnen sie sich wieder zurück nach ihrer Sandinsel, nach ihren kleinen Hütten, nach dem flackernden Herde, wo die Ihrigen, wohlverwahrt in wollenen Jacken, herumkauern, und einen Tee trinken, der sich von gekochtem Seewasser nur durch den Namen unterscheidet, und eine Sprache schwatzen, wovon kaum begreiflich scheint, wie es ihnen selber möglich ist, sie zu verstehen.

Was diese Menschen so fest und genügsam zusammenhält, ist nicht so sehr das innig mystische Gefühl der Liebe, als vielmehr die Gewohnheit, das naturgemäße Ineinander-Hinüberleben, die gemeinschaftliche Unmittelbarkeit. Gleiche Geistes-

53

höhe, oder, besser gesagt, Geistesniedrigkeit, daher gleiche
Bedürfnisse und gleiches Streben; gleiche Erfahrungen und Ge-
sinnungen, daher leichtes Verständnis untereinander; und sie
sitzen verträglich am Feuer in den kleinen Hütten, rücken zusammen, wenn es kalt wird, an den Augen sehen sie sich ab,
was sie denken, die Worte lesen sie sich von den Lippen, ehe sie
gesprochen worden, alle gemeinsamen Lebensbeziehungen sind
ihnen im Gedächtnisse, und durch einen einzigen Laut, eine
einzige Miene, eine einzige stumme Bewegung erregen sie untereinander so viel Lachen, oder Weinen, oder Andacht, wie wir
bei unseresgleichen erst durch lange Expositionen, Expektora-
tionen und Deklamationen hervorbringen können. Denn wir
leben im Grunde geistig einsam, durch eine besondere Erzie-
hungsmethode oder zufällig gewählte, besondere Lektüre hat
jeder von uns eine verschiedene Charakterrichtung empfangen,
jeder von uns, geistig verlarvt, denkt, fühlt und strebt anders
als die andern, und des Missverständnisses wird so viel, und
selbst in weiten Häusern wird das Zusammenleben so schwer,
und wir sind überall beengt, überall fremd, und überall in der
Fremde.

In jenem Zustande der Gedanken- und Gefühlsgleichheit, wie
wir ihn bei unseren Insulanern sehen, lebten oft ganze Völker
und haben oft ganze Zeitalter gelebt. Die römisch-christliche
Kirche im Mittelalter hat vielleicht einen solchen Zustand in den
Korporationen des ganzen Europa begründen wollen, und nahm
deshalb alle Lebensbeziehungen, alle Kräfte und Erscheinungen,
den ganzen physischen und moralischen Menschen unter ihre
Vormundschaft. Es lässt sich nicht leugnen, dass viel ruhiges
Glück dadurch gegründet ward und das Leben warm-inniger
blühte, und die Künste, wie still hervorgewachsene Blumen, jene
Herrlichkeit entfalteten, die wir noch jetzt anstaunen, und mit
all unserem hastigen Wissen nicht nachahmen können. Aber der

Geist hat seine ewigen Rechte, er lässt sich nicht eindämmen durch Satzungen und nicht einlullen durch Glockengeläute; er zerbrach seinen Kerker und zerriss das eiserne Gängelband, woran ihn die Mutterkirche leitete, und er jagte im Befreiungstaumel über die ganze Erde, erstieg die höchsten Gipfel der Berge, jauchzte vor Übermut, gedachte wieder uralter Zweifel, grübelte über die Wunder des Tages, und zählte die Sterne der Nacht. Wir kennen noch nicht die Zahl der Sterne, die Wunder des Tages haben wir noch nicht enträtselt, die alten Zweifel sind mächtig geworden in unserer Seele – ist jetzt mehr Glück darin, als ehemals? Wir wissen, dass diese Frage, wenn sie den großen Haufen betrifft, nicht leicht bejaht werden kann; aber wir wissen auch, dass ein Glück, das wir der Lüge verdanken, kein wahres Glück ist, und dass wir, in den einzelnen zerrissenen Momenten eines gottgleicheren Zustandes, einer höheren Geisteswürde, mehr Glück empfinden können, als in den lang hinvegetierten Jahren eines dumpfen Köhlerglaubens.

Auf jeden Fall war jene Kirchenherrschaft eine Unterjochung der schlimmsten Art. Wer bürgte uns für die gute Absicht, wie ich sie eben ausgesprochen? Wer kann beweisen, dass sich nicht zuweilen eine schlimme Absicht beimischte? Rom wollte immer herrschen, und als seine Legionen fielen, sandte es Dogmen in die Provinzen. Wie eine Riesenspinne saß Rom im Mittelpunkte der lateinischen Welt und überzog sie mit seinem unendlichen Gewebe. Generationen der Völker lebten darunter ein beruhigtes Leben, indem sie das für einen nahen Himmel hielten, was bloß römisches Gewebe war; nur der höherstrebende Geist, der dieses Gewebe durchschaute, fühlte sich beengt und elend, und wenn er hindurchbrechen wollte, erhaschte ihn leicht die schlaue Weberin, und sog ihm das kühne Blut aus dem Herzen; – und war das Traumglück der blöden Menge nicht zu teuer erkauft für solches Blut? Die Tage der Geistesknechtschaft sind vorüber;

alterschwach, zwischen den gebrochenen Pfeilern ihres Colisäums, sitzt die alte Kreuzspinne, und spinnt noch immer das alte Gewebe, aber es ist matt und morsch, und es verfangen sich darin nur Schmetterlinge und Fledermäuse, und nicht mehr die Steinadler des Nordens.

– Es ist doch wirklich belächelnswert, während ich im Begriff bin, mich so recht wohlwollend über die Absichten der römischen Kirche zu verbreiten, erfasst mich plötzlich der angewöhnte protestantische Eifer, der ihr immer das Schlimmste zumutet; und ebendieser Meinungszwiespalt in mir selbst gibt mir wieder ein Bild von der Zerrissenheit der Denkweise unserer Zeit. Was wir gestern bewundert, hassen wir heute, und morgen vielleicht verspotten wir es mit Gleichgültigkeit.

Auf einem gewissen Standpunkte ist alles gleich groß und gleich klein, und an die großen europäischen Zeitverwandlungen werde ich erinnert, indem ich den kleinen Zustand unserer armen Insulaner betrachte. Auch diese stehen an der Grenze einer solchen neuen Zeit, und ihre alte Sinneseinheit und Einfalt wird gestört durch das Gedeihen des hiesigen Seebades, indem sie dessen Gästen täglich etwas Neues ablauschen, was sie nicht mit ihrer altherkömmlichen Lebensweise zu vereinen wissen. Stehen sie des Abends vor den erleuchteten Fenstern des Konversationshauses, und betrachten dort die Verhandlungen der Herren und Damen, die verständlichen Blicke, die begehrlichen Grimassen, das lüsterne Tanzen, das vergnügte Schmausen, das habsüchtige Spielen usw., so bleibt das für diese Menschen nicht ohne schlimme Folgen, die von dem Geldgewinn, der ihnen durch die Badeanstalt zufließt, nimmermehr aufgewogen werden. Dieses Geld reicht nicht hin für die eindringenden, neuen Bedürfnisse; daher innere Lebensstörung, schlimmer Anreiz, großer Schmerz. Als ich ein Knabe war, fühlte ich immer eine brennende Sehnsucht, wenn schöngebackene Torten, wovon ich nichts bekommen sollte, duftig-offen, bei mir vorübergetragen wurden; späterhin stachelte mich dasselbe Gefühl, wenn ich modisch entblößte, schöne Damen vorbeispazieren sah; und ich denke jetzt, die armen Insulaner, die noch in einem Kindheitszustande leben, haben hier oft Gelegenheit zu ähnlichen Empfindungen, und es wäre gut, wenn die Eigentümer der schönen Torten und Frauen solche etwas mehr verdeckten. Diese vielen unbedeckten Delikatessen, woran jene Leute nur die Augen weiden können, müssen ihren Appetit sehr stark wecken, und wenn die armen Insulanerinnen, in ihrer Schwangerschaft, allerlei süßgebackene Gelüste bekommen, und am Ende sogar Kinder zur Welt bringen, die den Badegästen ähnlich sehen, so ist das leicht zu erklären. Ich will hier durchaus auf kein unsittliches Verhältnis anspielen. Die Tugend der Insulanerinnen wird durch ihre Hässlichkeit, und gar besonders durch ihren Fischgeruch, der mir wenigstens unerträglich war, vorderhand geschützt. Ich würde, wenn ihre Kinder mit badegästlichen Gesichtern zur Welt kommen, vielmehr ein psychologisches Phänomen erkennen, und mir solches durch jene materialistisch-mystischen Gesetze erklären, die Goethe in den *Wahlverwandtschaften* so schön entwickelt.

Wie viele rätselhafte Naturerscheinungen sich durch jene Gesetze erklären lassen, ist erstaunlich. Als ich voriges Jahr, durch Seesturm, nach einer anderen ostfriesischen Insel verschlagen wurde, sah ich dort in einer Schifferhütte einen schlechten Kupferstich hängen, *la tentation du vieillard* überschrieben, und einen Greis darstellend, der in seinen Studien gestört wird, durch die Erscheinung eines Weibes, das bis an die nackten Hüften aus einer Wolke hervortaucht; und sonderbar! die Tochter des Schiffers hatte dasselbe lüsterne Mopsgesicht, wie das Weib auf jenem Bilde. Um ein anderes Beispiel zu erwähnen: im Hause eines Geldwechslers, dessen geschäftführende Frau das Gepräge der Münzen immer am sorgfältigsten betrachtet, fand ich, dass die Kinder in ihren Gesichtern eine erstaunliche Ähnlichkeit hatten mit den größten Monarchen Europas, und wenn sie alle beisammen waren und miteinander stritten, glaubte ich einen kleinen Kongress zu sehen.

Deshalb ist das Gepräge der Münzen kein gleichgültiger Gegenstand für den Politiker. Da die Leute das Geld so innig lieben und gewiss liebevoll betrachten, so bekommen die Kinder sehr oft die Züge des Landesfürsten, der darauf geprägt ist, und der arme Fürst kommt in den Verdacht, der Vater seiner Untertanen zu sein. Die Bourbonen haben ihre guten Gründe, die Napoleonsdor einzuschmelzen; sie wollen nicht mehr unter ihren Franzosen so viele Napoleonsköpfe sehen. Preußen hat es in der Münzpolitik am weitesten gebracht, man weiß es dort, durch eine verständige Beimischung von Kupfer, so einzurichten, dass die Wangen des Königs auf der neuen Scheidemünze gleich rot werden, und seit einiger Zeit haben daher die Kinder in Preußen ein weit gesünderes Ansehen, als früherhin, und es ist ordentlich eine Freude, wenn man ihre blühenden Silbergroschengesichtchen betrachtet.

Ich habe, indem ich das Sittenverderbnis andeutete, womit die Insulaner hier bedroht sind, die geistliche Schutzwehr, ihre Kirche, unerwähnt gelassen. Wie diese eigentlich aussieht, kann ich nicht genau berichten, da ich noch nicht darin gewesen. Gott weiß, dass ich ein guter Christ bin, und oft sogar im Begriff stehe, sein Haus zu besuchen, aber ich werde immer fatalerweise daran verhindert, es findet sich gewöhnlich ein Schwätzer, der mich auf dem Wege festhält, und gelange ich auch einmal bis an die Pforten des Tempels, so erfasst mich unversehens eine spaßhafte Stimmung, und dann halte ich es für sündhaft, hineinzutreten. Vorigen Sonntag begegnete mir etwas der Art, indem mir vor der Kirchtür die Stelle aus Goethes Faust in den Kopf kam, wo

dieser mit dem Mephistopheles bei einem Kreuze vorübergeht
und ihn fragt:

»Mephisto, hast du Eil?
Was schlägst vorm Kreuz die Augen nieder?«

Und worauf Mephistopheles antwortet:

»Ich weiß es wohl, es ist ein Vorurteil;
Allein es ist mir mal zuwider.«

Diese Verse sind, soviel ich weiß, in keiner Ausgabe des *Faust*
gedruckt, und bloß der selige Hofrat Moritz, der sie aus Goethes Manuskript kannte, teilt sie mit in seinem »Philipp Reiser«,
einem schon verschollenen Romane, der die Geschichte des Ver-
fassers enthält, oder vielmehr die Geschichte einiger hundert Taler, die der Verfasser nicht hatte, und wodurch sein ganzes Leben
eine Reihe von Entbehrungen und Entsagungen wurde, während
doch seine Wünsche nichts weniger als unbescheiden waren, wie
z.B. sein Wunsch, nach Weimar zu gehen, und bei dem Dichter
des *Werther* Bedienter zu werden, unter welchen Bedingungen es
auch sei, um nur in der Nähe desjenigen zu leben, der von allen
Menschen auf Erden den stärksten Eindruck auf sein Gemüt
gemacht hatte.

Wunderbar! damals schon erregte Goethe eine solche Begeisterung, und doch ist erst »unser drittes nachwachsendes Geschlecht« imstande, seine wahre Größe zu begreifen.

Aber dieses Geschlecht hat auch Menschen hervorgebracht,
in deren Herzen nur faules Wasser sintert, und die daher in den
Herzen anderer alle Springquellen eines frischen Blutes verstop-
fen möchten, Menschen von erloschener Genussfähigkeit, die
das Leben verleumden, und anderen alle Herrlichkeit dieser Welt

verleiden wollen, indem sie solche als die Lockspeisen schildern, die der Böse bloß zu unserer Versuchung hingestellt habe, gleich wie eine pfiffige Hausfrau die Zuckerdose, mit den gezählten Stückchen Zucker, in ihrer Abwesenheit offen stehen lässt, um die Enthaltsamkeit der Magd zu prüfen; und diese Menschen haben einen Tugendpöbel um sich versammelt, und predigen ihm das Kreuz gegen die großen Heiden und gegen seine nackten Göttergestalten, die sie gern durch ihre vermummten dummen Teufel ersetzen möchten.

Das Vermummen ist so recht ihr höchstes Ziel, das Nacktgöttliche ist ihnen fatal, und ein Satyr hat immer seine guten Gründe, wenn er Hosen anzieht und darauf dringt, dass auch Apollo Hosen anziehe. Die Leute nennen ihn dann einen sittlichen Mann, und wissen nicht, dass in dem Clauren-Lächeln eines vermummten Satyrs mehr Anstößiges liegt, als in der ganzen Nacktheit eines Wolfgang Apollo, und dass just in den Zeiten, wo die Menschheit jene Pluderhosen trug, wozu sechzig Ellen Zeug nötig waren, die Sitten nicht anständiger gewesen sind als jetzt.

Aber werden es mir nicht die Damen übel nehmen, dass ich Hosen, statt Beinkleider, sage? O, über das Feingefühl der Damen! Am Ende werden nur Eunuchen für sie schreiben dürfen, und ihre Geistesdiener im Okzident werden so harmlos sein müssen, wie ihre Leibdiener im Orient.

Hier kommt mir ins Gedächtnis eine Stelle aus *Bertholds Tagebuch*:

»Wenn wir es recht überdenken, so stecken wir doch alle nackt in unseren Kleidern, sagte der Doktor M. zu einer Dame, die ihm eine etwas derbe Äußerung übel genommen hatte.«

Der hannövrische Adel ist mit Goethe sehr unzufrieden, und behauptet: er verbreite Irreligiosität, und diese könne leicht auch falsche politische Ansichten hervorbringen, und das Volk müsse doch durch den alten Glauben zur alten Bescheidenheit und Mäßigung zurückgeführt werden. Auch hörte ich in der letzten Zeit viel diskutieren: ob Goethe größer sei, als Schiller, oder umgekehrt. Ich stand neulich hinter dem Stuhle einer Dame, der man schon von hinten ihre vierundsechzig Ahnen ansehen konnte, und hörte über jenes Thema einen eifrigen Diskurs zwischen ihr und zwei hannövrischen Nobilis, deren Ahnen schon auf dem Zodiakus von Dendera abgebildet sind, und wovon der eine, ein langmagerer, quecksilbergefüllter Jüngling, der wie ein Barometer aussah, die schillersche Tugend und Reinheit pries, während der andere, ebenfalls ein lang aufgeschossener Jüngling, einige Verse aus der »Würde der Frauen« hinlispelte und dabei so süß lächelte, wie ein Esel, der den Kopf in ein Sirupfass gesteckt hatte und sich wohlgefällig die Schnauze ableckt. Beide Jünglinge verstärkten ihre Behauptungen beständig mit dem beteuernden Refrain: »Er ist doch größer, Er ist wirklich größer, wahrhaftig, Er ist größer, ich versichere Sie auf Ehre, Er ist größer.« Die Dame war so gütig, auch mich in dieses ästhetische Gespräch zu ziehen, und fragte: »Doktor, was halten Sie von Goethe?« Ich aber legte meine Arme kreuzweis auf die Brust, beugte gläubig das Haupt, und sprach: »La illah ill Allah, wamohammed rasul Allah!«

Die Dame hatte, ohne es selbst zu wissen, die allerschlaueste Frage getan. Man kann ja einen Mann nicht geradezu fragen: Was denkst du von Himmel und Erde? was sind deine Ansichten über Menschen und Menschenleben? bist du ein vernünftiges Geschöpf, oder ein dummer Teufel? Diese delikaten Fragen liegen aber alle in den unverfänglichen Worten: Was halten Sie von Goethe? Denn, indem uns allen Goethes Werke vor Augen liegen, so können wir das Urteil, das jemand darüber fället, mit dem unsrigen schnell vergleichen, wir bekommen dadurch einen festen Maßstab, womit wir gleich alle seine Gedanken und Gefühle messen können, und er hat unbewusst sein eignes Urteil gesprochen. Wie aber Goethe, auf diese Weise, weil er eine gemeinschaftliche Welt ist, die der Betrachtung eines jeden offenliegt, uns das beste Mittel wird, um die Leute kennenzulernen, so können wir wiederum Goethe selbst am besten kennenlernen, durch sein eignes Urteil über Gegenstände, die uns allen vor Augen liegen, und worüber uns schon die bedeutendsten Menschen ihre Ansichten mitgeteilt haben. In dieser Hinsicht möchte ich am liebsten auf Goethes *Italienische Reise* hindeuten, indem wir alle, entweder durch eigne Betrachtung oder durch fremde Vermittelung, das Land Italien kennen, und dabei so leicht bemerken, wie jeder dasselbe mit subjektiven Augen ansieht, dieser mit Archenhölzern unmutigen Augen, die nur das Schlimme sehen, jener mit begeisterten Corinnaaugen, die überall nur das Herrliche sehen, während Goethe, mit seinem klaren Griechenauge, alles sieht, das Dunkle und das Helle, nirgends die Dinge mit seiner Gemütsstimmung koloriert, und uns Land und Menschen schildert, in den wahren Umrissen und wahren Farben, womit sie Gott umkleidet.

Das ist ein Verdienst Goethes, das erst spätere Zeiten erkennen werden; denn wir, die wir meist alle krank sind, stecken viel zu sehr in unseren kranken, zerrissenen, romantischen Gefühlen, die wir aus allen Ländern und Zeitaltern zusammengelesen, als dass wir unmittelbar sehen könnten, wie gesund, einheitlich und plastisch sich Goethe in seinen Werken zeigt. Er selbst merkt es ebenso wenig; in seiner naiven Unbewusstheit des eignen Vermögens wundert er sich, wenn man ihm »ein gegenständliches Denken« zuschreibt, und indem er durch seine Selbstbiographie uns selbst eine kritische Beihülfe zum Beurteilen seiner Werke geben will, liefert er doch keinen Maßstab der Beurteilung an und für sich, sondern nur neue Fakta, woraus man ihn beurteilen kann, wie es ja natürlich ist, dass kein Vogel über sich selbst hinauszufliegen vermag.

Spätere Zeiten werden, außer jenem Vermögen des plastischen Anschauens, Fühlens und Denkens, noch vieles in Goethe entdecken, wovon wir jetzt keine Ahnung haben. Die Werke des Geistes sind ewig feststehend, aber die Kritik ist etwas Wandelbares, sie geht hervor aus den Ansichten der Zeit, hat nur für diese ihre Bedeutung, und wenn sie nicht selbst kunstwertlicher Art ist, wie z.B. die Schlegelsche, so geht sie mit ihrer Zeit zu Grabe. Jedes Zeitalter, wenn es neue Ideen bekömmt, bekömmt auch neue Augen, und sieht gar viel Neues in den alten Geisteswerken. Ein Schubarth sieht jetzt in der *Ilias* etwas anderes und viel mehr, als sämtliche Alexandriner; dagegen werden einst Kritiker kommen, die viel mehr als Schubarth in Goethe sehen.

So hätte ich mich dennoch an Goethe festgeschwatzt! Aber solche Abschweifungen sind sehr natürlich, wenn einem, wie auf dieser Insel, beständig das Meergeräusch in die Ohren dröhnt und den Geist nach Belieben stimmt.

Es geht ein starker Nordostwind, und die Hexen haben wieder viel Unheil im Sinne. Man hegt hier nämlich wunderliche Sagen von Hexen, die den Sturm zu beschwören wissen; wie es denn überhaupt auf allen nordischen Meeren viel Aberglauben gibt. Die Seeleute behaupten, manche Insel stehe unter der geheimen Herrschaft ganz besonderer Hexen, und dem bösen Willen derselben sei es zuzuschreiben, wenn den vorbeifahrenden Schiffen allerlei Widerwärtigkeiten begegnen. Als ich voriges Jahr einige Zeit auf der See lag, erzählte mir der Steuermann unseres Schiffes: die Hexen wären besonders mächtig auf der Insel Wight, und suchten jedes Schiff, das bei Tage dort vorbeifahren wolle, bis zur Nachtzeit aufzuhalten, um es alsdann an Klippen oder an die Insel selbst zu treiben. In solchen Fällen höre man diese Hexen so laut durch die Luft sausen und um das Schiff herumheulen, dass der Klabotermann ihnen nur mit vieler Mühe widerstehen könne. Als ich nun fragte: wer der Klabotermann sei? antwortete der Erzähler sehr ernsthaft: Das ist der gute, unsichtbare Schutzpatron der Schiffe, der da verhütet, dass den treuen und ordentlichen Schiffern Unglück begegne, der da überall selbst nachsieht, und sowohl für die Ordnung, wie für die gute Fahrt sorgt. Der wackere Steuermann versicherte mit etwas heimlicherer Stimme: ich könne ihn selber sehr gut im Schiffsraume hören, wo er die Waren gern noch besser nachstaue, daher das Knarren der Fässer und Kisten, wenn das Meer hochgehe, daher bisweilen das Dröhnen unserer Balken und Bretter; oft hämmere der Klabotermann auch außen am Schiffe, und das gelte dann dem Zimmermanne, der dadurch gemahnt werde, eine schadhafte Stelle ungesäumt auszubessern; am liebsten aber setze er sich auf das Bramsegel, zum Zeichen, dass guter Wind wehe oder sich nahe. Auf meine Frage: ob man ihn nicht sehen könne? erhielt ich zur Antwort: Nein, man sähe ihn nicht, auch wünsche keiner ihn zu sehen, da er sich nur dann zeige, wenn keine Rettung mehr vorhanden sei. Einen solchen Fall hatte zwar der gute Steuermann noch nicht selbst erlebt, aber von andern wollte er wissen: den Klabotermann höre man alsdann vom Bramsegel herab mit den Geistern sprechen, die ihm untertan sind; doch wenn der Sturm zu stark und das Scheitern unvermeidlich würde, setze er sich auf das Steuer, zeige sich da zum ersten Mal und verschwinde, indem er das Steuer zerbräche – diejenigen aber, die ihn in diesem furchtbaren Augenblick sähen, fänden unmittelbar darauf den Tod in den Wellen.

Der Schiffskapitän, der dieser Erzählung mit zugehört hatte, lächelte so fein, wie ich seinem rauen, wind- und wetterdienenden Gesichte nicht zugetraut hätte, und nachher versicherte er mir: Vor funfzig und gar vor hundert Jahren sei auf dem Meere der Glaube an den Klabotermann so stark gewesen, dass man bei Tische immer auch ein Gedeck für denselben aufgelegt, und von jeder Speise, etwa das Beste, auf seinen Teller gelegt habe, ja, auf einigen Schiffen geschähe das noch jetzt. –

Ich gehe hier oft am Strande spazieren und gedenke solcher seemännischen Wundersagen. Die anziehendste derselben ist wohl die Geschichte vom fliegenden Holländer, den man im Sturm mit aufgespannten Segeln vorbeifahren sieht, und der zuweilen ein Boot aussetzt, um den begegnenden Schiffern allerlei Briefe mitzugeben, die man nachher nicht zu besorgen weiß, da sie an längst verstorbene Personen adressiert sind. Manchmal gedenke ich auch des alten, lieben Märchens von dem Fischerknaben, der am Strande den nächtlichen Reigen der Meernixen belauscht hatte, und nachher mit seiner Geige die ganze Welt durchzog, und alle Menschen zauberhaft entzückte, wenn er ihnen die Melodie des Nixenwalzers vorspielte. Diese Sage erzählte mir einst ein lieber Freund, als wir, im Konzerte zu Berlin, solch einen wundermächtigen Knaben, den Felix Mendelssohn Bartholdy, spielen hörten.

Einen eigentümlichen Reiz gewährt das Kreuzen um die Insel. Das Wetter muss aber schön sein, die Wolken müssen sich ungewöhnlich gestalten, und man muss rücklings auf dem Verdecke liegen, und in den Himmel sehen, und allenfalls auch ein Stückchen Himmel im Herzen haben. Die Wellen murmeln alsdann allerlei wunderliches Zeug, allerlei Worte, woran liebe Erinnerungen flattern, allerlei Namen, die, wie süße Ahnung, in der Seele widerklingen – »Evelina!« Dann kommen auch Schiffe vorbeigefahren, und man grüßt, als ob man sich alle Tage wiedersehen könnte. Nur des Nachts hat das Begegnen fremder Schiffe auf dem Meere etwas Unheimliches; man will sich dann einbilden, die besten Freunde, die wir seit Jahren nicht gesehen, führen schweigend vorbei, und man verlöre sie auf immer.

Ich liebe das Meer, wie meine Seele.

Oft wird mir sogar zumute, als sei das Meer eigentlich meine Seele selbst; und wie es im Meere verborgene Wasserpflanzen gibt, die nur im Augenblick des Aufblühens an dessen Oberfläche heraufschwimmen, und im Augenblick des Verblühens wieder hinabtauchen: so kommen zuweilen auch wunderbare Blumenbilder heraufgeschwommen aus der Tiefe meiner Seele, und duften und leuchten und verschwinden wieder – »Evelina!«

Man sagt, unfern dieser Insel, wo jetzt nichts als Wasser ist, hätten einst die schönsten Dörfer und Städte gestanden, das Meer habe sie plötzlich alle überschwemmt, und bei klarem Wetter sähen die Schiffer noch die leuchtenden Spitzen der versunkenen Kirchtürme, und mancher habe dort, in der Sonntagsfrühe, sogar ein frommes Glockengeläute gehört. Die Geschichte ist wahr; denn das Meer ist meine Seele –

> »Eine schöne Welt ist da versunken,
> Ihre Trümmer blieben unten stehn,
> Lassen sich als goldne Himmelsfunken
> Oft im Spiegel meiner Träume sehn.«
>   (W. Müller)

Erwachend höre ich dann ein verhallendes Glockengeläute und Gesang heiliger Stimmen – »Evelina!«

Geht man am Strande spazieren, so gewähren die vorbeifahrenden Schiffe einen schönen Anblick. Haben sie die blendend weißen Segel aufgespannt, so sehen sie aus wie vorbeiziehende, große Schwäne. Gar besonders schön ist dieser Anblick, wenn die Sonne hinter dem vorbeisegelnden Schiffe untergeht, und dieses, wie von einer riesigen Glorie, umstrahlt wird.

Die Jagd am Strande soll ebenfalls ein großes Vergnügen gewähren. Was mich betrifft, so weiß ich es nicht sonderlich zu schätzen. Der Sinn für das Edle, Schöne und Gute lässt sich oft durch Erziehung den Menschen beibringen; aber der Sinn für die Jagd liegt im Blute. Wenn die Ahnen, schon seit undenklichen

Zeiten, Rehböcke geschossen haben, so findet auch der Enkel ein Vergnügen an dieser legitimen Beschäftigung. Meine Ahnen gehörten aber nicht zu den Jagenden, viel eher zu den Gejagten, und soll ich auf die Nachkömmlinge ihrer ehemaligen Kollegen losdrücken, so empört sich dawider mein Blut. Ja, aus Erfahrung weiß ich, dass, nach abgesteckter Mensur, es mir weit leichter wird, auf einen Jäger loszudrücken, der die Zeiten zurückwünscht, wo auch Menschen zur hohen Jagd gehörten. Gottlob, diese Zeiten sind vorüber! Gelüstet es jetzt solche Jäger, wieder einen Menschen zu jagen, so müssen sie ihn dafür bezahlen, wie z. B. den Schnellläufer, den ich vor zwei Jahren in Göttingen sah. Der arme Mensch hatte sich schon in der schwülen Sonntagshitze ziemlich müde gelaufen, als einige hannövrische Junker, die dort Humaniora studierten, ihm ein paar Taler boten, wenn er den zurückgelegten Weg nochmals laufen wolle; und der Mensch lief, und er war todblass und trug eine rote Jacke, und dicht hinter ihm, im wirbelnden Staube, galoppierten die wohlgenährten, edlen Jünglinge, auf hohen Rossen, deren Hufen zuweilen den gehetzten, keuchenden Menschen trafen, und es war ein Mensch.

Des Versuchs halber, denn ich muss mein Blut besser gewöhnen, ging ich gestern auf die Jagd. Ich schoss nach einigen Möwen, die gar zu sicher umherflatterten, und doch nicht bestimmt wissen konnten, dass ich schlecht schieße. Ich wollte sie nicht treffen und sie nur warnen, sich ein andermal vor Leuten mit Flinten in Acht zu nehmen; aber mein Schuss ging fehl, und ich hatte das Unglück, eine junge Möwe totzuschießen. Es ist gut, dass es keine alte war; denn was wäre dann aus den armen, kleinen Möwchen geworden, die noch unbefiedert, im Sandneste der großen Düne liegen, und ohne die Mutter verhungern müssten. Mir ahndete schon vorher, dass mich auf der Jagd ein Missgeschick treffen würde; ein Hase war mir über den Weg gelaufen.

Gar besonders wunderbar wird mir zumute, wenn ich allein

in der Dämmerung am Strande wandle, – hinter mir flache Dünen, vor mir das wogende, unermessliche Meer, über mir der Himmel wie eine riesige Kristallkuppel – ich erscheine mir dann selbst sehr ameisenklein, und dennoch dehnt sich meine Seele so weltenweit. Die hohe Einfachheit der Natur, wie sie mich hier umgibt, zähmt und erhebt mich zu gleicher Zeit, und zwar in stärkerem Grade als jemals eine andere erhabene Umgebung. Nie war mir ein Dom groß genug; meine Seele mit ihrem alten Titanengebet strebte immer höher als die gotischen Pfeiler, und wollte immer hinausbrechen durch das Dach. Auf der Spitze der Rosstrappe haben mir, beim ersten Anblick, die kolossalen Felsen, in ihren kühnen Gruppierungen, ziemlich imponiert; aber dieser Eindruck dauerte nicht lange, meine Seele war nur überrascht, nicht überwältigt, und jene ungeheure Steinmassen wurden in meinen Augen allmählig kleiner, und am Ende erschienen sie mir nur wie geringe Trümmer eines zerschlagenen Riesenpalastes, worin sich meine Seele vielleicht komfortabel befunden hätte.

Mag es immerhin lächerlich klingen, ich kann es dennoch nicht verhehlen, das Missverhältnis zwischen Körper und Seele quält mich einigermaßen, und hier am Meere, in großartiger Naturumgebung, wird es mir zuweilen recht deutlich, und die Metempsychose ist oft der Gegenstand meines Nachdenkens. Wer kennt die große Gottesironie, die allerlei Widersprüche zwischen Seele und Körper hervorzubringen pflegt. Wer kann wissen, in welchem Schneider jetzt die Seele eines Plato, und in welchem Schulmeister die Seele eines Cäsars wohnt! Wer weiß, ob die Seele Gregors VII. nicht in dem Leibe des Großtürken sitzt, und sich unter tausend hätschelnden Weiberhändchen behaglicher fühlt, als einst in ihrer purpurnen Zölibatskutte. Hingegen wie viele Seelen treuer Moslemim aus Alis Zeiten mögen sich jetzt in unseren antihellenischen Kabinettern befinden! Die Seelen der beiden Schächer, die zur Seite des Heilands gekreuzigt worden, sitzen vielleicht jetzt in dicken Konsistorialbäuchen und glühen für den orthodoxen Lehrbegriff. Die Seele Dschingis Khans wohnt vielleicht jetzt in einem Rezensenten, der täglich, ohne es zu wissen, die Seelen seiner treuesten Baschkiren und Kalmücken in einem kritischen Journale niedersäbelt. Wer weiß! wer weiß! die Seele des Pythagoras ist vielleicht in einen armen Kandidaten gefahren, der durch das Examen fällt, weil er den pythagoreischen Lehrsatz nicht beweisen konnte, während in seinen Herren Examinatoren die Seelen jener Ochsen wohnen, die einst Pythagoras, aus Freude über die Entdeckung seines Satzes, den ewigen Göttern geopfert hatte. Die Hindus sind so dumm nicht, wie unsere Missionäre glauben, sie ehren die Tiere wegen der menschlichen Seele, die sie in ihnen vermuten, und wenn sie Lazarette für invalide Affen stiften, in der Art unserer Akademien, so kann es wohl möglich sein, dass in jenen Affen die Seelen großer Gelehrten wohnen, da es hingegen bei uns ganz sichtbar ist, dass in einigen großen Gelehrten nur Affenseelen stecken.

Wer doch mit der Allwissenheit des Vergangenen auf das Treiben der Menschen von oben herabsehen könnte! Wenn ich des Nachts am Meere wandelnd, den Wellengesang höre, und allerlei Ahnung und Erinnerung in mir erwacht, so ist mir, als habe ich einst solchermaßen von oben herabgesehen und sei vor schwindelndem Schrecken zur Erde heruntergefallen; es ist mir dann auch, als seien meine Augen so teleskopisch scharf gewesen, dass ich die Sterne in Lebensgröße am Himmel wandeln gesehen, und durch all den wirbelnden Glanz geblendet worden; – wie aus der Tiefe eines Jahrtausends kommen mir dann allerlei Gedanken in den Sinn, Gedanken uralter Weisheit, aber sie sind so neblicht, dass ich nicht erkenne, was sie wollen. Nur so viel weiß ich, dass all unser kluges Wissen, Streben und Hervorbringen irgendeinem höheren Geiste ebenso klein und nichtig erscheinen muss, wie mir jene Spinne erschien, die ich in der Göttinger Bibliothek so oft betrachtete. Auf den Folianten der Weltgeschichte saß sie emsig webend, und sie blickte so philosophisch sicher auf ihre Umgebung, und hatte ganz den Göttingischen Gelahrt-heitsdünkel, und schien stolz zu sein auf ihre mathematischen Kenntnisse, auf ihre Kunstleistungen, auf ihr einsames Nach-denken – und doch wusste sie nichts von all den Wundern, die in dem Buche stehen, worauf sie geboren worden, worauf sie ihr ganzes Leben verbracht hatte, und worauf sie auch sterben wird, wenn der schleichende Dr. L. sie nicht verjagt. Und wer ist der schleichende Dr. L.? Seine Seele wohnte vielleicht einst in eben einer solchen Spinne, und jetzt hütet er die Folianten, worauf er einst saß – und wenn er sie auch liest, er erfährt doch nicht ihren wahren Inhalt.

Was mag auf dem Boden einst geschehen sein, wo ich jetzt wandle? Ein Konrektor, der hier badete, wollte behaupten, hier sei einst der Dienst der Hertha, oder, besser gesagt, Forsete, be-gangen worden, wovon Tacitus so geheimnisvoll spricht. Wenn nur die Berichterstatter, denen Tacitus nacherzählt, sich nicht geirrt, und eine Badekutsche für den heiligen Wagen der Göttin angesehen haben!

Im Jahre 1819, als ich zu Bonn, in einem und demselben Se-mester, vier Kollegien hörte, worin meistens deutsche Antiqui-täten aus der blauesten Zeit traktiert wurden, nämlich 1. Ge-schichte der deutschen Sprache bei Schlegel, der fast drei Monat lang die barocksten Hypothesen über die Abstammung der Deutschen entwickelte, 2. die Germania des Tacitus bei Arndt, der in den altdeutschen Wäldern jene Tugenden suchte, die er in den Salons der Gegenwart vermisste, 3. germanisches Staats-recht bei Hüllmann, dessen historische Ansichten noch am we-nigsten vage sind, und 4. deutsche Urgeschichte bei Radloff, der am Ende des Semesters noch nicht weiter gekommen war, als bis zur Zeit des Sesostris – damals möchte wohl die Sage von der alten Hertha mich mehr interessiert haben, als jetzt. Ich ließ sie durchaus nicht auf Rügen residieren, und versetzte sie vielmehr nach einer ostfriesischen Insel. Ein junger Gelehrter hat gern seine Privathypothese. Aber auf keinen Fall hätte ich damals geglaubt, dass ich einst am Strande der Nordsee wandeln würde, ohne an die alte Göttin mit patriotischer Begeisterung zu denken. Es ist wirklich nicht der Fall, und ich denke hier an ganz andre, jüngere Göttinnen. Absonderlich wenn ich am Strande über die schaurige Stelle wandle, wo noch jüngst die schönsten Frauen, gleich Nixen, geschwommen. Denn weder Herren noch Damen baden hier unter einem Schirm, sondern spazieren in die freie See. Deshalb sind auch die Badestellen beider Geschlechter voneinander geschieden, doch nicht allzu weit, und wer ein gutes Glas führt, kann überall in der Welt viel sehen. Es geht die Sage, ein neuer Aktäon habe auf solche Weise eine badende Diana erblickt, und wunderbar! nicht er, sondern der Gemahl der Schönen, habe dadurch Hörner erworben.

Die Badekutschen, die Droschken der Nordsee, werden hier nur bis ans Wasser geschoben, und bestehen meistens aus viereckigen Holzgestellen mit steifem Leinen überzogen. Jetzt, für die Winterzeit, stehen sie im Konversationssaale, und führen dort gewiss ebenso hölzerne, und steifleinene Gespräche, wie die vornehme Welt, die noch unlängst dort verkehrte.

Wenn ich aber sage, die vornehme Welt, so verstehe ich nicht darunter die guten Bürger Ostfrieslands, ein Volk, das flach und nüchtern ist, wie der Boden, den es bewohnt, das weder singen noch pfeifen kann, aber dennoch ein Talent besitzt, das besser ist als alle Triller und Schnurrpfeifereien, ein Talent, das den Menschen adelt, und über jene windige Dienstseelen erhebt, die allein edel zu sein wähnen, ich meine das Talent der Freiheit. Schlägt das Herz für Freiheit, so ist ein solcher Schlag des Herzens ebenso gut, wie ein Ritterschlag, und das wissen die

freien Friesen, und sie verdienen ihr Volksepitheton; die Häupt-
lingsperiode abgerechnet, war die Aristokratie in Ostfriesland
niemals vorherrschend, nur sehr wenige adlige Familien haben
dort gewohnt, und der Einfluss des hannövrischen Adels, durch
Verwaltungs- und Militärstand, wie er sich jetzt über das Land
hinzieht, betrübt manches freie Friesenherz, und überall zeigt
sich die Vorliebe für die ehemalige preußische Regierung.

Was aber die allgemeinen deutschen Klagen über hannövrischen Adelstolz betrifft, so kann ich nicht unbedingt einstim-
men. Das hannövrische Offizierkorps gibt am wenigsten Anlass
zu solchen Klagen. Freilich, wie in Madagaskar nur Adlige das
Recht haben, Metzger zu werden, so hatte früherhin der hannövrische Adel ein analoges Vorrecht, da nur Adlige zum Offi-
zierrange gelangen konnten. Seitdem sich aber in der deutschen
Legion so viele Bürgerliche ausgezeichnet, und zu Offizierstel-
len emporgeschwungen, hat auch jenes üble Gewohnheitsrecht
nachgelassen. Ja, das ganze Korps der deutschen Legion hat viel
beigetragen zur Milderung alter Vorurteile, diese Leute sind weit
herum in der Welt gewesen, und in der Welt sieht man viel, besonders in England, und sie haben viel gelernt, und es ist eine
Freude, ihnen zuzuhören, wenn sie von Portugal, Spanien, Sizi-
lien, den jonischen Inseln, Irland, und anderen weiten Ländern
sprechen, wo sie gefochten, und »vieler Menschen Städte gesehen und Sitten gelernet«, sodass man glaubt, eine Odyssee zu
hören, die leider keinen Homer finden wird. Auch ist unter den
Offizieren dieses Korps viel freisinnige, englische Sitte geblieben,
die mit dem altherkömmlichen hannövrischen Brauch stärker
kontrastiert, als wir es im übrigen Deutschland glauben wollen,
da wir gewöhnlich dem Beispiele Englands viel Einwirkung auf
Hannover zuschreiben. In diesem Lande Hannover sieht man
nichts als Stammbäume, woran Pferde gebunden sind, und vor
lauter Bäumen bleibt das Land obskur, und trotz allen Pferden

kömmt es nicht weiter. Nein, durch diesen hannövrischen Adelswald drang niemals ein Sonnenstrahl britischer Freiheit, und kein britischer Freiheitston konnte jemals vernehmbar werden im wiehernden Lärm hannövrischer Rosse.

Die allgemeine Klage über hannövrischen Adelstolz trifft wohl zumeist die liebe Jugend gewisser Familien, die das Land Hannover regieren oder mittelbar zu regieren glauben. Aber auch die edlen Jünglinge würden bald jene Fehler der Art, oder, besser gesagt, jene Unart ablegen, wenn sie ebenfalls etwas in der Welt herumgedrängt würden, oder eine bessere Erziehung genössen. Man schickt sie freilich nach Göttingen, doch da hocken sie beisammen, und sprechen nur von ihren Hunden, Pferden und Ahnen, und hören wenig neuere Geschichte, und wenn sie auch wirklich einmal dergleichen hören, so sind doch unterdessen ihre Sinne befangen durch den Anblick des Grafentisches, der, ein Wahrzeichen Göttingens, nur für hochgeborene Studenten bestimmt ist. Wahrlich, durch eine bessere Erziehung des jungen hannövrischen Adels ließe sich vielen Klagen vorbauen. Aber die Jungen werden wie die Alten. Derselbe Wahn: als wären sie die Blumen der Welt, während wir anderen bloß das Gras sind; dieselbe Torheit: mit dem Verdienste der Ahnen den eigenen Unwert bedecken zu wollen; dieselbe Unwissenheit über das Problematische dieser Verdienste, indem die wenigsten bedenken, dass die Fürsten selten ihre treuesten und tugendhaftesten Diener, aber sehr oft den Kuppler, den Schmeichler und dergleichen Lieblingsschufte mit adelnder Huld beehrt haben. Die wenigsten jener Ahnenstolzen können bestimmt angeben, was ihre Ahnen getan haben, und sie zeigen nur, dass ihr Name in Rüxners *Turnierbuch* erwähnt sei; – ja, können sie auch nachweisen, dass diese Ahnen etwa als Kreuzritter bei der Eroberung Jerusalems zugegen waren, so sollten sie, ehe sie sich etwas darauf zugutetun, auch beweisen, dass jene Ritter ehrlich mitgefochten haben, dass ihre Eisenhosen nicht mit gelber Furcht wattiert worden, und dass unter ihrem roten Kreuze das Herz eines honetten Mannes gesessen. Gäbe es keine *Ilias*, sondern bloß ein Namensverzeichnis der Helden, die vor Troja gestanden, und ihre Namen existierten noch jetzt – wie würde sich der Ahnenstolz Derer von Thersites zu blähen wissen! Von der Reinheit des Blutes will ich gar nicht einmal sprechen; Philosophen und Stallknechte haben darüber gar seltsame Gedanken.

Mein Tadel, wie gesagt, treffe zumeist die schlechte Erziehung des hannövrischen Adels und dessen früh eingeprägten Wahn von der Wichtigkeit einiger andressierten Formen. O! wie oft habe ich lachen müssen, wenn ich bemerkte, wie viel man sich auf diese Formen zugutetat; – als sei es sogar überaus schwer zu erlernen dieses Repräsentieren, dieses Präsentieren, dieses Lächeln ohne etwas zu sagen, dieses Sagen ohne etwas zu denken, und all diese adligen Künste, die der gute Bürgersmann als Meerwunder angafft, und die doch jeder französische Tanzmeister besser innehat, als der deutsche Edelmann, dem sie in der bärenleckenden Lutetia mühsam eingeübt worden, und der sie zu Hause wieder, mit deutscher Gründlichkeit und Schwerfälligkeit, seinen Deszendenten überliefert. Dies erinnert mich an die Fabel von dem Bären, der auf Märkten tanzte, seinem führenden Lehrer entlief, zu seinen Mitbären in den Wald zurückkehrte, und ihnen vorprahlte: wie das Tanzen eine so gar schwere Kunst sei, und wie weit er es darin gebracht habe, – und in der Tat, den Proben, die er von seiner Kunst ablegte, konnten die armen Bestien ihre Bewunderung nicht versagen. Jene Nation, wie sie Werther nennt, bildete die vornehme Welt, die hier dieses Jahr zu Wasser und zu Lande geglänzt hat, und es waren lauter liebe, liebe Leute, und sie haben alle gut gespielt.

Auch fürstliche Personen gab es hier, und ich muss gestehen, dass diese in ihren Ansprüchen bescheidener waren, als die geringere Noblesse. Ob aber diese Bescheidenheit in den Herzen dieser hohen Personen liegt, oder ob sie durch ihre äußere Stellung hervorgebracht wird, das will ich unentschieden lassen. Ich sage dieses nur in Beziehung auf deutsche mediatisierte Fürsten. Diesen Leuten ist in der letzten Zeit ein großes Unrecht geschehen, indem man sie einer Souveränität beraubte, wozu sie ein ebenso gutes Recht haben, wie die größeren Fürsten, wenn man nicht etwa annehmen will, dass dasjenige, was sich nicht durch eigene Kraft erhalten kann, auch kein Recht hat, zu existieren. Für das vielzersplitterte Deutschland war es aber eine Wohltat, dass diese Anzahl von Sedezdespötchen ihr Regieren einstellen mussten. Es ist schrecklich, wenn man bedenkt wie viele derselben wir armen Deutschen zu ernähren haben. Wenn diese Mediatisierten auch nicht mehr das Zepter führen, so führen sie doch noch immer Löffel, Messer und Gabel, und sie essen keinen Hafer, und auch der Hafer wäre teuer genug. Ich denke, dass wir einmal durch Amerika etwas von dieser Fürstenlast erleichtert werden. Denn, früh oder spät, werden sich doch die Präsidenten dortiger Freistaaten in Souveräne verwandeln, und dann fehlt es diesen Herren an Gemahlinnen, die schon einen legitimen Anstrich haben, sie sind dann froh wenn wir ihnen unsere Prinzessinnen überlassen, und wenn sie sechs nehmen, geben wir ihnen die siebente gratis, und auch unsre Prinzchen können sie späterhin bei ihren Töchtern employieren; – daher haben die mediatisierten Fürsten sehr politisch gehandelt, als sie sich wenigstens das Gleichbürtigkeitsrecht erhielten, und ihre Stammbäume ebenso hoch schätzten, wie die Araber die Stammbäume ihrer Pferde, und zwar aus derselben Absicht, indem sie wohl wissen, dass Deutschland von jeher das große Fürstengestüte war, das alle regierenden Nachbarhäuser mit den nötigen Mutterpferden und Beschälern versehen muss.

In allen Bädern ist es ein altes Gewohnheitsrecht, dass die

abgegangenen Gäste von den zurückgebliebenen etwas stark kritisiert werden, und da ich der letzte bin, der noch hier weilt, so durfte ich wohl jenes Recht in vollem Maße ausüben.

Es ist aber jetzt so öde auf der Insel, dass ich mir vorkomme wie Napoleon auf Sankt Helena. Nur dass ich hier eine Unterhaltung gefunden, die jenem dort fehlte. Es ist nämlich der große Kaiser selbst, womit ich mich hier beschäftige. Ein junger Engländer hat mir das eben erschienene Buch des Maitland mitgeteilt. Dieser Seemann berichtet die Art und Weise, wie Napoleon sich ihm ergab und auf dem Bellerophon sich betrug, bis er, auf Befehl des englischen Ministeriums, an Bord des Northumberland gebracht wurde. Aus diesem Buche ergibt sich sonnenklar, dass der Kaiser, in romantischem Vertrauen auf britische Großmut, und um der Welt endlich Ruhe zu schaffen, zu den Engländern ging, mehr als Gast, denn als Gefangener. Das war ein Fehler, den gewiss kein anderer, und am allerwenigsten ein Wellington begangen hätte. Die Geschichte aber wird sagen, dieser Fehler ist so schön, so erhaben, so herrlich, dass dazu mehr Seelengröße gehörte, als wir anderen zu allen unseren Großtaten erschwingen können.

Die Ursache, weshalb Cap. Maitland jetzt sein Buch herausgibt, scheint keine andere zu sein, als das moralische Reinigungsbedürfnis, das jeder ehrliche Mann fühlt, den ein böses Geschick in eine zweideutige Handlung verflochten hat. Das Buch selbst ist aber ein unschätzbarer Gewinn für die Gefangenschaftsgeschichte Napoleons, die den letzten Akt seines Lebens bildet, alle Rätsel der früheren Akte wunderbar löst, und wie es eine echte Tragödie tun soll, die Gemüter erschüttert, reinigt und versöhnt. Der Charakterunterschied der vier Hauptschriftsteller, die uns von dieser Gefangenschaft berichten, besonders wie er sich in Stil und Anschauungsweise bekundet, zeigt sich erst recht durch ihre Zusammenstellung.

Maitland, der sturmkalte, englische Seemann, verzeichnet die

Begebenheiten vorurteilslos und bestimmt, als wären es Naturerscheinungen, die er in sein Logbook einträgt; Las Cases, ein enthusiastischer Kammerherr, liegt in jeder Zeile, die er schreibt, zu den Füßen des Kaisers, nicht wie ein russischer Sklave, sondern wie ein freier Franzose, dem die Bewunderung einer unerhörten Heldengröße und Ruhmeswürde unwillkürlich die Knie beugt; O'Meara, der Arzt, obgleich in Irland geboren, dennoch ganz Engländer, als solcher ein ehemaliger Feind des Kaisers, aber jetzt anerkennend die Majestätsrechte des Unglücks, schreibt freimütig, schmucklos, tatbeständlich, fast im Lapidarstil, hingegen kein Stil, sondern ein Stilett ist die spitzige, zustoßende Schreibart des französischen Arztes, Antommarchi, eines Italieners, der ganz besonnentrunken ist von dem Ingrimm und der Poesie seines Landes.

Beide Völker, Briten und Franzosen, lieferten von jeder Seite zwei Männer, gewöhnlichen Geistes, und unbestochen von der herrschenden Macht, und diese Jury hat den Kaiser gerichtet, und verurteilt: ewig zu leben, ewig bewundert, ewig bedauert.

Es sind schon viele große Männer über diese Erde geschritten, hier und da sehen wir die leuchtenden Spuren ihrer Fußstapfen, und in heiligen Stunden treten sie, wie Nebelgebilde vor unsere Seele; aber ein ebenfalls großer Mann sieht seine Vorgänger weit deutlicher, aus einzelnen Funken ihrer irdischen Lichtspur erkennt er ihr geheimstes Tun, aus einem einzigen hinterlassenen Worte erkennt er alle Falten ihres Herzens; und solchermaßen, in einer mystischen Gemeinschaft, leben die großen Männer aller Zeiten, über die Jahrtausende hinweg nicken sie einander zu, und sehen sich an bedeutungsvoll, und ihre Blicke begegnen sich auf den Gräbern untergegangener Geschlechter, die sich zwischen sie gedrängt hatten, und sie verstehen sich und haben sich lieb. Wir Kleinen aber, die wir nicht so intimen Umgang pflegen können mit den Großen der Vergangenheit, wovon wir nur selten die Spur und Nebelformen sehen, für uns ist es vom höchsten Werte, wenn wir über einen solchen Großen so viel erfahren, dass es uns leicht wird, ihn ganz lebensklar in unsre Seele aufzunehmen, und dadurch unsre Seele zu erweitern. Ein solcher ist Napoleon Bonaparte. Wir wissen von ihm, von seinem Leben und Streben, mehr als von den andern Großen dieser Erde, und täglich erfahren wir davon noch mehr und mehr. Wir sehen wie das verschüttete Götterbild langsam ausgegraben wird, und mit jeder Schaufel Erdschlamm, die man von ihm abnimmt, wächst unser freudiges Erstaunen über das Ebenmaß und die Pracht der edlen Formen, die da hervortreten, und die Geistesblitze der Feinde, die das große Bild zerschmettern wollen, dienen nur dazu, es desto glanzvoller zu beleuchten. Solches geschieht namentlich durch die Äußerungen der Frau von Staël, die in all ihrer Herbheit doch nichts anders sagt, als dass der Kaiser kein Mensch war wie die andern, und dass sein Geist mit keinem vorhandenen Maßstab gemessen werden kann.

Ein solcher Geist ist es, worauf Kant hindeutet, wenn er sagt: dass wir uns einen Verstand denken können, der, weil er nicht wie der unsrige diskursiv, sondern intuitiv ist, vom synthetisch Allgemeinen, der Anschauung eines Ganzen als eines solchen, zum Besonderen geht, das ist, von dem Ganzen zu den Teilen. Ja, was wir durch langsames analytisches Nachdenken und lange Schlussfolgen erkennen, das hatte jener Geist im selben Momente angeschaut und tief begriffen. Daher sein Talent die Zeit, die Gegenwart zu verstehen, ihren Geist zu kajolieren, ihn nie zu beleidigen, und immer zu benutzen.

Da aber dieser Geist der Zeit nicht bloß revolutionär ist, sondern durch den Zusammenfluss beider Ansichten, der revolutionären und der contrerevolutionären, gebildet worden, so handelte Napoleon nie ganz revolutionär und nie ganz contrerevolutionär, sondern immer im Sinne beider Ansichten, beider

Prinzipien, beider Bestrebungen, die in ihm ihre Vereinigung fanden, und demnach handelte er beständig naturgemäß, einfach, groß, nie krampfhaft barsch, immer ruhig milde. Daher intrigierte er nie im Einzelnen, und seine Schläge geschahen immer durch seine Kunst, die Massen zu begreifen und zu lenken. Zur verwickelten, langsamen Intrige neigen sich kleine, analytische Geister, hingegen synthetische, intuitive Geister wissen auf wunderbar geniale Weise die Mittel, die ihnen die Gegenwart bietet, so zu verbinden, dass sie dieselben zu ihrem Zwecke schnell benutzen können. Erstere scheitern sehr oft, da keine menschliche Klugheit alle Vorfallenheiten des Lebens voraussehen kann und die Verhältnisse des Lebens nie lange stabil sind; Letzteren hingegen, den intuitiven Menschen, gelingen ihre Vorsätze am leichtesten, da sie nur einer richtigen Berechnung des Vorhandenen bedürfen, und so schnell handeln, dass dieses, durch die Bewegung der Lebenswogen, keine plötzliche, unvorhergesehene Veränderung erleiden kann.

Es ist ein glückliches Zusammentreffen, dass Napoleon gerade zu einer Zeit gelebt hat, die ganz besonders viel Sinn hat für Geschichte, ihre Erforschung und Darstellung. Es werden uns daher, durch die Memoiren der Zeitgenossen, wenige Notizen über Napoleon vorenthalten werden, und täglich vergrößert sich die Zahl der Geschichtsbücher, die ihn mehr oder minder im Zusammenhang mit der übrigen Welt schildern wollen. Die Ankündigung eines solchen Buches aus Walter Scotts Feder erregt daher die neugierigste Erwartung.

Alle Verehrer Scotts müssen für ihn zittern; denn ein solches Buch kann leicht der russische Feldzug jenes Ruhmes werden, den er mühsam erworben durch eine Reihe historischer Romane, die mehr durch ihr Thema, als durch ihre poetische Kraft, alle Herzen Europas bewegt haben. Dieses Thema ist aber nicht bloß eine elegische Klage über Schottlands volkstümliche Herrlichkeit, die allmählig verdrängt wurde von fremder Sitte, Herrschaft und Denkweise; sondern es ist der große Schmerz über den Verlust der Nationalbesonderheiten, die in der Allgemeinheit neuerer Kultur verloren gehen, ein Schmerz, der jetzt in den Herzen aller Völker zuckt. Denn Nationalerinnerungen liegen tiefer in der Menschen Brust, als man gewöhnlich glaubt. Man wage es nur, die alten Bilder wieder auszugraben, und über Nacht blüht hervor auch die alte Liebe mit ihren Blumen. Das ist nicht figürlich gesagt, sondern es ist eine Tatsache: Als Bullock vor einigen Jahren ein altheidnisches Steinbild in Mexiko ausgegraben, fand er den andern Tag, dass es nächtlicherweile mit Blumen bekränzt worden; und doch hatte Spanien, mit Feuer und Schwert, den alten Glauben der Mexikaner zerstört, und seit drei Jahrhunderten ihre Gemüter gar stark umgewühlt und gepflügt und mit Christentum besäet. Solche Blumen aber blühen auch in den Walter-Scottschen Dichtungen, diese Dichtungen selbst wecken die alten Gefühle, und wie einst in Granada Männer und Weiber mit dem Geheul der Verzweiflung aus den Häusern stürzten, wenn das Lied vom Einzug des Maurenkönigs auf den Straßen erklang, dergestalt, dass bei Todesstrafe verboten wurde, es zu singen: so hat der Ton, der in den Scottschen Dichtungen herrscht, eine ganze Welt schmerzhaft erschüttert. Dieser Ton klingt wider in den Herzen unseres Adels, der seine Schlösser und Wappen verfallen sieht, er klingt wider in den Herzen des Bürgers, dem die behaglich enge Weise der Altvordern verdrängt wird durch weite, unerfreuliche Modernität; er klingt wider in katholischen Domen, woraus der Glaube entflohen, und in rabbinischen Synagogen, woraus sogar die Gläubigen fliehen; er klingt über die ganze Erde, bis in die Banianenwälder Hindostans, wo der seufzende Brahmine das Absterben seiner Götter, die Zerstörung ihrer uralten Weltordnung, und den ganzen Sieg der Engländer voraussieht.

Dieser Ton, der gewaltigste, den der schottische Barde auf seiner Riesenharfe anzuschlagen weiß, passt aber nicht zu dem Kaiserliede von dem Napoleon, dem neuen Manne, dem Manne der neuen Zeit, dem Manne, worin diese neue Zeit so leuchtend sich abspiegelt, dass wir dadurch fast geblendet werden, und unterdessen nimmermehr denken an die verschollene Vergangenheit und ihre verblichene Pracht. Es ist wohl zu vermuten, dass Scott, seiner Vorneigung gemäß, jenes angedeutete, stabile Element im Charakter Napoleons, die contrerevolutionäre Seite seines Geistes vorzugsweise auffassen wird, statt dass andere Schriftsteller bloß das revolutionäre Prinzip in ihm erkennen. Von dieser letzteren Seite würde ihn Byron geschildert haben, der in seinem ganzen Streben den Gegensatz zu Scott bildete, und statt, gleich diesem, den Untergang der alten Formen zu beklagen, sich sogar von denen, die noch stehen geblieben sind, verdrießlich beengt fühlt, sie, mit revolutionärem Lachen und Zähnefletschen, niederreißen möchte, und in diesem Ärger die heiligsten Blumen des Lebens mit seinem melodischen Gifte beschädigt, und sich, wie ein wahnsinniger Harlekin den Dolch ins Herz stößt, um, mit dem hervorströmenden, schwarzen Blute, Herren und Damen neckisch zu bespritzen.

Wahrlich, in diesem Augenblicke fühle ich sehr lebhaft, dass ich kein Nachbeter, oder besser gesagt Nachfrevler Byrons bin, mein Blut ist nicht so spleenisch schwarz, meine Bitterkeit kömmt nur aus den Galläpfeln meiner Dinte, und wenn Gift in mir ist, so ist es doch nur Gegengift, Gegengift wider jene Schlangen, die im Schutte der alten Dome und Burgen so bedrohlich lauern. Von allen großen Schriftstellern ist Byron just derjenige, dessen Lektüre mich am unleidlichsten berührt; wohingegen Scott mir, in jedem seiner Werke, das Herz erfreut, beruhigt und erkräftigt. Mich erfreut sogar die Nachahmung derselben, wie wir sie bei W. Alexis, Bronikowski und Cooper finden, welcher Erstere, im ironischen *Walladmor*, seinem Vorbilde am nächsten steht, und uns auch in einer späteren Dichtung so viel Gestalten- und Geistesreichtum gezeigt hat, dass er wohl imstande wäre, mit poetischer Ursprünglichkeit, die sich nur der scottischen Form bedient, uns die teuersten Momente deutscher Geschichte, in einer Reihe historischer Novellen, vor die Seele zu führen.

Aber keinem wahren Genius lassen sich bestimmte Bahnen vorzeichnen, diese liegen außerhalb aller kritischen Berechnung, und so mag es auch als ein harmloses Gedankenspiel betrachtet werden, wenn ich über W. Scotts Kaisergeschichte mein Vorurteil aussprach. »Vorurteil« ist hier der umfassendste Ausdruck. Nur eins lässt sich mit Bestimmtheit sagen: das Buch wird gelesen werden vom Aufgang bis zum Niedergang, und wir Deutschen werden es übersetzen.

Wir haben auch den Ségur übersetzt. Nicht wahr, es ist ein hübsches episches Gedicht? Wir Deutschen schreiben auch epische Gedichte, aber die Helden derselben existieren bloß in unserem Kopfe. Hingegen die Helden des französischen Epos sind wirkliche Helden, die viel größere Taten vollbracht, und viel größere Leiden gelitten, als wir in unseren Dachstübchen ersinnen können. Und wir haben doch viel Phantasie, und die Franzosen haben nur wenig. Vielleicht hat deshalb der liebe Gott den Franzosen auf eine andere Art nachgeholfen, und sie brauchen nur treu zu erzählen, was sie in den letzten dreißig Jahren gesehen und getan, und sie haben eine erlebte Literatur, wie noch kein Volk und keine Zeit sie hervorgebracht. Diese Memoiren von Staatsleuten, Soldaten und edlen Frauen, wie sie in Frankreich täglich erscheinen, bilden einen Sagenkreis, woran die Nachwelt genug zu denken und zu singen hat, und worin, als dessen Mittelpunkt, das Leben des großen Kaisers, wie ein Riesenbaum, emporragt. Die Ségursche Geschichte des Russlandzuges ist ein Lied, ein französisches Volkslied, das zu diesem Sagenkreise gehört, und, in seinem Tone und Stoffe, den epischen Dichtungen aller Zeiten gleicht und gleichsteht. Ein Heldengedicht, das durch den Zauberspruch »Freiheit und Gleichheit« aus dem Boden Frankreichs emporgeschossen, hat, wie im Triumphzug, berauscht von Ruhm und geführt von dem Gotte des Ruhmes selbst, die Welt durchzogen, erschreckt und verherrlicht, tanzt endlich den rasselnden Waffentanz auf den Eisfeldern des Nordens, und diese brechen ein, und die Söhne des Feuers und der Freiheit gehen zugrunde durch Kälte und Sklaven.

Solche Beschreibung oder Prophezeiung des Untergangs einer Heldenwelt ist Grundton und Stoff der epischen Dichtungen aller Völker. Auf den Felsen von Ellore und anderer indischer Grottentempel steht solche epische Katastrophe eingegraben mit Riesenhieroglyphen, deren Schlüssel im *Mahabharata* zu finden ist; der Norden hat in nicht minder steinernen Worten, in seiner *Edda*, diesen Götteruntergang ausgesprochen; das *Lied der Nibelungen* besingt dasselbe tragische Verderben, und hat, in seinem Schlusse, noch ganz besondere Ähnlichkeit mit der Ségurschen Beschreibung des Brandes von Moskau; das *Rolandslied* von der Schlacht bei Roncisval, dessen Worte verschollen, dessen Sage aber noch nicht erloschen, und noch unlängst von einem der größten Dichter des Vaterlandes, von Immermann, heraufbeschworen worden, ist ebenfalls der alte Unglücksgesang; und gar das Lied von Ilion verherrlicht am schönsten das alte Thema, und ist doch nicht großartiger und schmerzlicher als das französische Volkslied, worin Ségur den Untergang seiner Heroenwelt besungen hat. Ja, dieses ist ein wahres Epos, Frankreichs Heldenjugend ist der schöne Heros, der früh dahinsinkt, wie wir solches Leid schon sahen in dem Tode Baldurs, Siegfrieds, Rolands und Achilles', die ebenso durch Unglück und Verrat gefallen; und jene Helden, die wir in der *Ilias* bewundert, wir finden sie wieder im Liede des Ségur, wir sehen sie ratschlagen, zanken und kämpfen, wie einst vor dem skäischen Tore, ist auch die Jacke des Königs von Neapel etwas allzu buntscheckig modern, so ist doch sein Schlachtmut und Übermut ebenso groß, wie der des Peliden, ein Hektor an Milde und Tapferkeit steht vor uns Prinz Eugen, der edle Ritter, Ney kämpft wie ein Ajax, Berthier ist ein Nestor ohne Weisheit, Davoust, Daru, Caulaincourt usw., in ihnen wohnen die Seelen des Menelaos, des Odysseus, des Diomedes – nur der Kaiser selbst findet nicht seinesgleichen, in seinem Haupte ist der Olymp des Gedichtes, und wenn ich ihn, in seiner äußeren Herrschererscheinung, mit dem Agamemnon vergleiche, so geschieht das, weil ihn, ebenso wie den größten Teil seiner herrlichen Kampfgenossen, ein tragisches Schicksal erwartete, und weil sein Orestes noch lebt.

Wie die Scottschen Dichtungen hat auch das Ségursche Epos einen Ton, der unsere Herzen bezwingt. Aber dieser Ton weckt nicht die Liebe zu längst verschollenen Tagen der Vorzeit, sondern es ist ein Ton, dessen Klangfigur uns die Gegenwart gibt, ein Ton, der uns für ebendiese Gegenwart begeistert.

Wir Deutschen sind doch wahre Peter Schlemihle! Wir haben auch in der letzten Zeit viel gesehen, viel ertragen, z.B. Einquartierung und Adelstolz; und wir haben unser edelstes Blut hingegeben, z.B. an England, das noch jetzt jährlich eine anständige Summe, für abgeschossene deutsche Arme und Beine, ihren ehemaligen Eigentümern zu bezahlen hat; und wir haben im Kleinen so viel Großes getan, dass wenn man es zusammenrechnete, die größten Taten herauskämen, z.B. in Tirol; und wir haben viel verloren, z.B. unsern Schlagschatten, den Titel des lieben, heiligen, römischen Reichs – und dennoch, mit allen Verlüsten, Opfern, Entbehrungen, Malheurs und Großtaten, hat unsere Literatur kein einziges solcher Denkmäler des Ruhmes gewonnen, wie sie bei unseren Nachbaren, gleich ewigen Trophäen, täglich emporsteigen. Unsere Leipziger Messen haben wenig profitiert durch die Schlacht bei Leipzig. Ein Gothaer, höre ich, will sie noch nachträglich, in epischer Form, besingen; da er aber noch nicht weiß, ob er zu den 100 000 Seelen gehört, die Hildburghausen bekömmt, oder zu den 150 000, die Meiningen bekömmt, oder zu den 160 000, die Altenburg bekömmt, so kann er sein Epos noch nicht anfangen, er müsste denn beginnen: »Singe unsterbliche Seele, Hildburghäusische Seele, – Meiningsche Seele, oder auch Altenburgische Seele, – Gleichviel singe, singe der sündigen Deutschen Erlösung!« Dieser Seelenschacher im Herzen des Vaterlandes und dessen blutende Zerrissenheit, lässt keinen stolzen Sinn, und noch viel weniger ein stolzes Wort aufkommen, unsere schönsten Taten werden lächerlich durch den dummen Erfolg, und während wir uns unmutig einhüllen in den Purpurmantel des deutschen Heldenblutes, kömmt ein politischer Schalk und setzt uns die Schellenkappe aufs Haupt.

Aus: *Die Nordsee. 1826. Dritte Abteilung.*

OSTFRIESLAND

In Ostfriesland, an der Küste der Nordsee, gibt es Buchten, die gleichsam kleine Hafen bilden und Siele heißen. An den äußersten Vorsprüngen derselben steht das einsame Haus irgendeines Fischers, der hier mit seiner Familie ruhig und genügsam lebt. Die Natur ist dort traurig, kein Vogel pfeift, außer den Seemöwen, welche manchmal mit einem fatalen Gekreische aus den Sandnestern der Dünen hervorfliegen und Sturm verkünden. Das monotone Geplätscher der brandenden See passt sehr gut zu den düstern Wolkenzügen. Auch die Menschen singen hier nicht, und an dieser melancholischen Küste hört man nie die Strophe eines Volksliedes. Die Menschen hierzulande sind ernst, ehrlich, mehr vernünftig als religiös, und stolz auf den kühnen Sinn und auf die Freiheit ihrer Altvordern. Solche Leute sind nicht phantastisch aufregbar, und grübeln nicht viel. Die Hauptsache für den Fischer, der auf seinem einsamen Siel wohnt, ist der Fischfang, und dann und wann das Fährgeld der Reisenden, die nach einer der umliegenden Inseln der Nordsee übergesetzt sein wollen. Zu einer bestimmten Zeit des Jahres, heißt es, just um die Mittagsstunde, wo eben der Fischer mit seiner Familie, das Mittagsmahl verzehrend, zu Tische sitzt, tritt ein Reisender in die große Wohnstube, und bittet den Hausherrn, ihm einige Augenblicke zu vergönnen, um ein Geschäft mit ihm zu besprechen. Der Fischer, nachdem er den Gast vergeblich gebeten, vorher an der Mahlzeit teilzunehmen, erfüllt am Ende dessen Begehr, und beide treten beiseite an ein Erkertischchen. Ich will das Aussehen des Fremden nicht lange beschreiben in müßiger Novellistenweise; bei der Aufgabe, die ich mir gestellt, genügt ein genaues

Signalement. Ich bemerke also Folgendes: Der Fremde ist ein schon bejahrtes, aber doch wohlkonserviertes Männchen, ein jugendlicher Greis, gehäbig aber nicht fett, die Wänglein rot wie Borsdorfer Äpfel, die Äuglein lustig nach allen Seiten blinzelnd, und auf dem gepuderten Köpfchen sitzt ein dreieckiges Hütlein. Unter einer hellgelben Houppelande mit unzähligen Krägelchen trägt der Mann die altmodische Kleidung, die wir auf Porträten holländischer Kaufleute finden, und welche eine gewisse Wohlhabenheit verrät: ein seidenes papageigrünes Röckchen, blumengestickte Weste, kurze schwarze Höschen, gestreifte Strümpfe und Schnallenschuhe; Letztere sind so blank, dass man nicht begreift, wie jemand durch den Schlamm der Sielwege zu Fuße so unbeschmutzt hergelangen konnte. Seine Stimme ist asthmatisch, feindrähtig und manchmal ins Greinende überschlagend, doch der Vortrag und die Haltung des Männleins ist gravitätisch gemessen, wie es einem holländischen Kaufmann ziemt. Diese Gravität scheint jedoch mehr erkünstelt als natürlich zu sein, und sie kontrastiert manchmal mit dem forschsamen Hin-und-her-Lugen der Äuglein, sowie auch mit der schlecht unterdrückten flatterhaften Beweglichkeit der Beine und Arme. Dass der Fremde ein holländischer Kaufmann ist, bezeugt nicht bloß seine Kleidung, sondern auch die merkantilische Genauigkeit und Umsicht, womit er das Geschäft so vorteilhaft als möglich für seinen Kommittenten abzuschließen weiß. Er ist nämlich, wie er sagt, Spediteur und hat von einem seiner Handelsfreunde den Auftrag erhalten, eine bestimmte Anzahl Seelen, soviel in einer gewöhnlichen Barke Raum fänden, von der ostfriesischen Küste nach der weißen Insel zu fördern; zu diesem Behufe nun, fährt er fort, möchte er wissen, ob der Schiffer diese Nacht die erwähnte Ladung mit seiner Barke nach der erwähnten Insel übersetzen wolle, und für diesen Fall sei er erbötig, ihm das Fährgeld gleich vorauszuzahlen, zuversichtlich hoffend, dass er aus christlicher

Bescheidenheit seine Forderung recht billig stellen werde. Der holländische Kaufmann (dieses ist eigentlich ein Pleonasmus, da jeder Holländer Kaufmann ist) macht diesen Antrag mit der größten Unbefangenheit, als handle es sich von einer Ladung Käse, und nicht von Seelen der Verstorbenen. Der Fischer stutzt einigermaßen bei dem Wort »Seelen«, und es rieselt ihm ein bisschen kalt über den Rücken, da er gleich merkt, dass von den Seelen der Verstorbenen die Rede sei, und dass er den gespenstischen Holländer vor sich habe, der so manchen seiner Kollegen die Überfahrt der verstorbenen Seelen anvertraute und gut dafür bezahlte. Wie ich jedoch oben bemerkt, diese ostfriesischen Küstenbewohner sind mutig und gesund und nüchtern, und es fehlt ihnen jene Kränklichkeit und Einbildungskraft, welche uns für das Gespenstische und Übersinnliche empfänglich macht: Unsres Fischers geheimes Grauen dauert daher nur einen Augenblick; seine unheimliche Empfindung unterdrückend, gewinnt er bald seine Fassung, und mit dem Anschein des größten Gleichmuts ist er nur darauf bedacht, das Fährgeld so hoch als möglich zu steigern. Doch nach einigem Feilschen und Dingen verständigen sich beide Kontrahenten über den Fahrlohn, sie geben einander den Handschlag zur Bekräftigung der Übereinkunft, und der Holländer, welcher einen schmutzigen ledernen Beutel hervorzieht, angefüllt mit lauter ganz kleinen Silberpfennigen, den kleinsten, die je in Holland geschlagen worden, zahlt die ganze Summe des Fahrgelds in dieser putzigen Münzsorte. Indem er dem Fischer noch die Instruktion gibt, gegen Mitternacht, zur Zeit wo der Mond aus den Wolken hervortreten würde, sich an einer bestimmten Stelle der Küste mit seiner Barke einzufinden, um die Ladung in Empfang zu nehmen, verabschiedet er sich bei der ganzen Familie, welche vergebens ihre Einladung zum Mitspeisen wiederholte, und die eben noch so gravitätische Figur trippelt mit leichtfüßigen Schritten von dannen.

Um die bestimmte Zeit befindet sich der Schiffer an dem bestimmten Orte mit seiner Barke, die anfangs von den Wellen hin und her geschaukelt wird; aber nachdem der Vollmond sich gezeigt, bemerkt der Schiffer, dass sein Fahrzeug sich minder leicht bewegt und immer tiefer in die Flut einsinkt, sodass am Ende das Wasser nur noch eine Handbreit vom Rand entfernt bleibt. Dieser Umstand belehrt ihn, dass seine Passagiere, die Seelen, jetzt an Bord sein müssen, und er stößt ab mit seiner Ladung. Er mag noch so sehr seine Augen anstrengen, doch bemerkt er im Kahne nichts als einige Nebelstreifen, die sich hin und her bewegen, aber keine bestimmte Gestalt annehmen und ineinander verquirlen. Er mag auch noch so sehr horchen, so hört er doch nichts als ein unsäglich leises Zirpen und Knistern. Nur dann und wann schießt schrillend eine Möwe über sein Haupt, oder es taucht neben ihm aus der Flut ein Fisch hervor, der ihn blöde anglotzt. Es gähnt die Nacht, und frostiger weht die Seeluft. Überall nur Wasser, Mondschein und Stille; und schweigsam, wie seine Umgebung, ist der Schiffer, der endlich an der weißen Insel anlangt und mit seinem Kahne stillhält. Auf dem Strande sieht er niemand, aber er hört eine schrille, asthmatisch keuchende und greinende Stimme, worin er die des Holländers erkennt; derselbe scheint ein Verzeichnis von lauter Eigennamen abzulesen, in einer gewissen verifizierenden, monotonen Weise; unter diesen Namen sind dem Fischer manche bekannt und gehören Personen, die in demselben Jahr verstorben. Während dem Ablesen dieses Namenverzeichnisses wird der Kahn immer leichter, und lag er eben noch so schwer im Sande des Ufers, so hebt er sich jetzt plötzlich leicht empor, sobald die Ablesung zu Ende ist; und der Schiffer, welcher daran merkt, dass seine Ladung richtig in Empfang genommen ist, fährt wieder ruhig zurück zu Weib und Kind, nach seinem lieben Hause am Siel.

So geht es jedes Mal mit dem Überschiffen der Seelen nach

der weißen Insel. Als einen besondern Umstand bemerkte einst der Schiffer, dass der unsichtbare Kontrolleur im Ablesen des Namenverzeichnisses plötzlich innehielt und ausrief: »Wo ist aber Pitter Jansen? Das ist nicht Pitter Jansen.« Worauf ein feines, wimmerndes Stimmchen antwortete: »Ik bin Pitter Jansens Mieke, un häb mi op mines Manns Noame inskreberen laten.« (Ich bin Pitter Jansens Mieke, und habe mich auf meines Mannes Namen einschreiben lassen.)

Ich habe mich oben vermessen, trotz der pfiffigen Vermummung die wichtige mythologische Person zu erraten, die in obiger Tradition zum Vorschein kommt. Dieses ist keine geringere als der Gott Mercurius, der ehemalige Seelenführer, Hermes Psychopompos. Ja, unter jener schäbigen Houppelande und in jener nüchternen Krämergestalt verbirgt sich der brillanteste jugendliche Heidengott, der kluge Sohn der Maja. Auf jenem dreieckigen Hütchen steckt auch nicht der geringste Federwisch, der an die Fittiche der göttlichen Kopfbedeckung erinnern könnte, und die plumpen Schuhe mit den stählernen Schnallen mahnen nicht im mindesten an beflügelte Sandalen; dieses holländisch schwerfällige Blei ist so ganz verschieden von dem beweglichen Quecksilber, dem der Gott sogar seinen Namen verliehen: Aber eben der Kontrast verrät die Absicht, und der Gott wählte diese Maske, um sich desto sicherer verstellt zu halten. Vielleicht aber wählte er sie keineswegs aus willkürlicher Laune: Merkur war, wie ihr wisst, zu gleicher Zeit der Gott der Diebe und der Kaufleute, und es lag nahe, dass er bei der Wahl einer Maske, die ihn verbergen, und eines Gewerbes, das ihn ernähren könnte, auf seine Antezedentien und Talente Rücksicht nahm. Letztere waren erprobt: Er war der erfindungsreichste der Olympier, er hatte die Schildkrötenlyra und das Sonnengas erfunden, er bestahl Menschen und Götter, und schon als Kind war er ein kleiner Calmonius, der seiner Wiege entschlüpfte, um ein paar Rinder zu

90

stibitzen. Er hatte zu wählen zwischen den zwei Industrien, die im Wesentlichen nicht sehr verschieden, da bei beiden die Aufgabe gestellt ist, das fremde Eigentum so wohlfeil als möglich zu erlangen: Aber der pfiffige Gott bedachte, dass der Diebesstand in der öffentlichen Meinung keine so hohe Achtung genießt, wie der Handelsstand, dass jener von der Polizei verpönt, während dieser von den Gesetzen sogar privilegiert ist, dass die Kaufleute jetzt auf der Leiter der Ehre die höchste Staffel erklimmen, während die vom Diebesstand manchmal eine minder angenehme Leiter besteigen müssen, dass sie Freiheit und Leben aufs Spiel setzen, während der Kaufmann nur seine Kapitalien oder nur die seiner Freunde einbüßen kann, und der pfiffigste der Götter ward Kaufmann, und um es vollständig zu sein, ward er sogar Holländer. Seine lange Praxis als ehemaliger Psychopompos, als Schattenführer, machte ihn besonders geeignet für die Spedition der Seelen, deren Transport nach der weißen Insel, wie wir sahen, durch ihn betrieben wird.

Die weiße Insel wird zuweilen auch Brea oder Britinia genannt. Denkt man vielleicht an das weiße Albion, an die Kalkfelsen der englischen Küste? Es wäre eine humoristische Idee, wenn man England als ein Totenland, als das plutonische Reich, als die Hölle bezeichnen wollte. England mag in der Tat manchem Fremden in solcher Gestalt erscheinen.

Aus: *Die Götter im Exil*

HELGOLAND UND CUXHAVEN

Helgoland, den 1. Julius 1830.

– – Ich selber bin dieses Guerillakrieges müde und sehne mich nach Ruhe, wenigstens nach einem Zustand, wo ich mich meinen natürlichen Neigungen, meiner träumerischen Art und Weise, meinem phantastischen Sinnen und Grübeln ganz fessellos hingeben kann. Welche Ironie des Geschickes, dass ich, der ich mich so gerne auf die Pfühle des stillen beschaulichen Gemütlebens bette, dass eben ich dazu bestimmt war, meine armen Mitdeutschen aus ihrer Behaglichkeit hervorzugeißeln und in die Bewegung hineinzuhetzen! Ich, der ich mich am liebsten damit beschäftige, Wolkenzüge zu beobachten, metrische Wortzauber zu erklügeln, die Geheimnisse der Elementargeister zu erlauschen und mich in die Wunderwelt alter Märchen zu versenken … ich musste politische Annalen herausgeben, Zeitinteressen vortragen, revolutionäre Wünsche anzetteln, die Leidenschaften aufstacheln, den armen deutschen Michel beständig an der Nase zupfen, dass er aus seinem gesunden Riesenschlaf erwache … Freilich, ich konnte dadurch bei dem schnarchenden Giganten nur ein sanftes Niesen, keineswegs aber ein Erwachen bewirken … Und riss ich auch heftig an seinem Kopfkissen, so rückte er es sich doch wieder zurecht mit schlaftrunkener Hand … Einst wollte ich aus Verzweiflung seine Nachtmütze in Brand stecken, aber sie war so feucht von Gedankenschweiß, dass sie nur gelinde rauchte … und Michel lächelte im Schlummer …

Ich bin müde und lechze nach Ruhe. Ich werde mir ebenfalls eine deutsche Nachtmütze anschaffen und über die Ohren ziehen. Wenn ich nur wüsste, wo ich jetzt mein Haupt niederlegen kann. In Deutschland ist es unmöglich. Jeden Augenblick würde ein Polizeidiener herankommen und mich rütteln, um zu erproben, ob ich wirklich schlafe; schon diese Idee verdirbt mir alles Behagen. Aber in der Tat, wo soll ich hin? Wieder nach Süden? Nach dem Lande, wo die Zitronen blühen und die Goldorangen? Ach! vor jedem Zitronenbaum steht dort eine östreichische Schildwache und donnert dir ein schreckliches »Werda!« entgegen. Wie die Zitronen so sind auch die Goldorangen jetzt sehr sauer. Oder soll ich nach Norden? Etwa nach Nordosten? Ach, die Eisbären sind jetzt gefährlicher als je, seitdem sie sich zivilisieren und Glacéhandschuh tragen. Oder soll ich wieder nach dem verteufelten England, wo ich nicht *in effigie* hängen, wie viel weniger in Person leben möchte! Man sollte einem noch Geld dazugeben, um dort zu wohnen, und stattdessen kostet einem der Aufenthalt in England doppelt so viel wie an anderen Orten. Nimmermehr nach diesem schnöden Lande, wo die Maschinen sich wie Menschen und die Menschen wie Maschinen gebärden. Das schnurrt und schweigt so beängstigend. Als ich dem hiesigen Gouverneur präsentiert wurde, und dieser Stockengländer mehrere Minuten, ohne ein Wort zu sprechen unbeweglich vor mir stand, kam es mir unwillkürlich in den Sinn ihn einmal von hinten zu betrachten, um nachzusehen, ob man etwa dort vergessen habe, die Maschinen aufzuziehen. Dass die Insel Helgoland unter britischer Herrschaft steht, ist mir schon hinlänglich fatal. Ich bilde mir manchmal ein, ich röche jene Langeweile, welche Albions Söhne überall ausdünsten. In der Tat, aus jedem Engländer entwickelt sich ein gewisses Gas, die tödliche Stickluft der Langeweile, und dieses habe ich mit eigenen Augen beobachtet, nicht in England, wo die Atmosphäre ganz davon geschwängert ist, aber in südlichen Ländern, wo der reisende Brite isoliert umherwandert und die graue Aureole der Langeweile, die sein Haupt umgibt, in der sonnig blauen Luft recht schneidend sichtbar wird. Die Engländer freilich glauben, ihre dicke Langeweile sei ein Produkt des Ortes, und um derselben zu entfliehen, reisen sie durch alle Lande, langweilen sich überall und kehren heim mit einem *diary of an ennuyé*. Es geht ihnen wie dem Soldaten, dem seine Kameraden, als er schlafend auf der Pritsche lag, Unrat unter die Nase rieben; als er erwachte, bemerkte er, es röche schlecht in der Wachtstube, und er ging hinaus, kam aber bald zurück und behauptete, auch draußen röche es übel, die ganze Welt stänke.

Einer meiner Freunde, welcher jüngst aus Frankreich kam, behauptete, die Engländer bereisten den Kontinent aus Verzweiflung über die plumpe Küche ihrer Heimat; an den französischen Table d'hôten sähe man dicke Engländer, die nichts als Vol-au-Vents, Crème Suprêmes, Ragouts, Gelees und dergleichen luftige Speisen verschluckten, und zwar mit jenem kolossalen Appetite, der sich daheim an Roastbeefmassen und Yorkshirer Plumpudding geübt hatte und wodurch am Ende alle französische Gastwirte zugrunde gehen müssen. Ist etwa wirklich die Exploitation der Table d'hôte der geheime Grund, weshalb die Engländer herumreisen? Während wir über die Flüchtigkeit lächeln, womit sie überall die Merkwürdigkeiten und Gemäldegalerien ansehen, sind sie es vielleicht, die uns mystifizieren, und ihre belächelte Neugier ist nichts als ein pfiffiger Deckmantel für ihre gastronomischen Absichten?

Aber wie vortrefflich auch die französische Küche, in Frankreich selbst soll es jetzt schlecht aussehen, und die große Retirade hat noch kein Ende. Die Jesuiten florieren dort und singen Triumphlieder. Die dortigen Machthaber sind dieselben Toren, denen man bereits vor fünfzig Jahren die Köpfe abgeschlagen ...

Was halfs! sie sind dem Grabe wieder entstiegen, und jetzt ist ihr Regiment törichter als früher; denn als man sie aus dem Totenreich ans Tageslicht heraufließ, haben manche von ihnen, in der Hast, den ersten besten Kopf aufgesetzt, der ihnen zur Hand lag, und da ereigneten sich gar heillose Missgriffe: Die Köpfe passen manchmal nicht zu dem Rumpf und zu dem Herzen, das darin spukt. Da ist mancher, welcher wie die Vernunft selbst auf der Tribüne sich ausspricht, sodass wir den klugen Kopf bewundern, und doch lässt er sich gleich drauf von dem unverbesserlich verrückten Herzen zu den dümmsten Handlungen verleiten … Es ist ein grauenhafter Widerspruch zwischen den Gedanken und Gefühlen, den Grundsätzen und Leidenschaften, den Reden und den Taten dieser Revenants!

Oder soll ich nach Amerika, nach diesem ungeheuren Freiheitsgefängnis, wo die unsichtbaren Ketten mich noch schmerzlicher drücken würden als zu Hause die sichtbaren und wo der widerwärtigste aller Tyrannen, der Pöbel, seine rohe Herrschaft ausübt! Du weißt, wie ich über dieses gottverfluchte Land denke, das ich einst liebte, als ich es nicht kannte …

Und doch muss ich es öffentlich loben und preisen, aus Metierpflicht … Ihr lieben deutschen Bauern! geht nach Amerika! dort gibt es weder Fürsten noch Adel, alle Menschen sind dort gleich, gleiche Flegel … mit Ausnahme freilich einiger Millionen, die eine schwarze oder braune Haut haben und wie die Hunde behandelt werden! Die eigentliche Sklaverei, die in den meisten nordamerikanischen Provinzen abgeschafft, empört mich nicht so sehr wie die Brutalität womit dort die freien Schwarzen und die Mulatten behandelt werden. Wer auch nur im entferntesten Grade von einem Neger stammt, und wenn auch nicht mehr in der Farbe, sondern nur in der Gesichtsbildung eine solche Abstammung verrät, muss die größten Kränkungen erdulden, Kränkungen, die uns in Europa fabelhaft dünken. Dabei machen diese Amerikaner großes Wesen von ihrem Christentum und sind die eifrigsten Kirchengänger. Solche Heuchelei haben sie von den Engländern gelernt, die ihnen übrigens ihre schlechtesten Eigenschaften zurückließen. Der weltliche Nutzen ist ihre eigentliche Religion, und das Geld ist ihr Gott, ihr einziger, allmächtiger Gott. Freilich, manches edle Herz mag dort im Stillen die allgemeine Selbstsucht und Ungerechtigkeit bejammern. Will es aber gar dagegen ankämpfen, so harret seiner ein Martyrtum, das alle europäische Begriffe übersteigt. Ich glaube, es war in New York wo ein protestantischer Prediger über die Misshandlung der farbigen Menschen so empört war, dass er, dem grausamen Vorurteil trotzend, seine eigne Tochter mit einem Neger verheuratete. Sobald diese wahrhaft christliche Tat bekannt wurde, stürmte das Volk nach dem Hause des Predigers, der nur durch die Flucht dem Tode entrann; aber das Haus ward demoliert, und die Tochter des Predigers, das arme Opfer, ward vom Pöbel ergriffen und musste seine Wut entgelten. *She was lynched,* d.h., sie ward splitternackt ausgekleidet, mit Teer bestrichen, in den aufgeschnittenen Federbetten herumgewälzt, in solcher anklebenden Federhülle durch die ganze Stadt geschleift und verhöhnt ...

O Freiheit! du bist ein böser Traum!

Helgoland, den 8. Julius.

– – Da gestern Sonntag war und eine bleierne Langeweile über der ganzen Insel lag und mir fast das Haupt eindrückte, griff ich aus Verzweiflung zur Bibel ... und ich gestehe es dir, trotzdem dass ich ein heimlicher Hellene bin, hat mich das Buch nicht bloß gut unterhalten, sondern auch weidlich erbaut. Welch ein Buch! groß und weit wie die Welt, wurzelnd in die Abgründe der Schöpfung und hinaufragend in die blauen Geheimnisse des Himmels ... Sonnenaufgang und Sonnenuntergang, Verheißung und Erfüllung, Geburt und Tod, das ganze Drama der Menschheit, alles ist in diesem Buche ... Es ist das Buch der Bücher, Biblia. Die Juden sollten sich leicht trösten, dass sie Jerusalem und den Tempel und die Bundeslade und die goldenen Geräte und Kleinodien Salomonis eingebüßt haben ... solcher Verlust ist doch nur geringfügig in Vergleichung mit der Bibel, dem unzerstörbaren Schatze, den sie gerettet. Wenn ich nicht irre, war es Mahomet, welcher die Juden »das Volk des Buches« nannte, ein Name, der ihnen bis heutigen Tag im Oriente verblieben und tiefsinnig bezeichnend ist. Ein Buch ist ihr Vaterland, ihr Besitz, ihr Herrscher, ihr Glück und ihr Unglück. Sie leben in den umfriedeten Marken dieses Buches, hier üben sie ihr unveräußerliches Bürgerrecht, hier kann man sie nicht verjagen, nicht verachten, hier sind sie stark und bewundrungswürdig. Versenkt in der Lektüre dieses Buches, merkten sie wenig von den Veränderungen, die um sie her in der wirklichen Welt vorfielen; Völker erhuben sich und schwanden, Staaten blühten empor und erloschen, Revolutionen stürmten über den Erdboden ... sie aber, die Juden, lagen gebeugt über ihrem Buche und merkten nichts von der wilden Jagd der Zeit, die über ihre Häupter dahinzog!

Wie der Prophet des Morgenlandes sie »das Volk des Buches« nannte, so hat sie der Prophet des Abendlands in seiner Philosophie der Geschichte als »das Volk des Geistes« bezeichnet. Schon in ihren frühesten Anfängen, wie wir im Pentateuch bemerken, bekunden die Juden ihre Vorneigung für das Abstrakte, und ihre ganze Religion ist nichts als ein Akt der Dialektik, wodurch Materie und Geist getrennt und das Absolute nur in der alleinigen Form des Geistes anerkannt wird. Welche schauerlich isolierte Stellung mussten sie einnehmen unter den Völkern des Altertums, die dem freudigsten Naturdienste ergeben, den Geist vielmehr in den Erscheinungen der Materie, in Bild und Symbol, begriffen! Welche entsetzliche Opposition bildeten sie deshalb gegen das bunt gefärbte, hieroglyphenwimmelnde Ägypten, gegen Phönizien den großen Freudetempel der Astarte, oder gar gegen die schöne Sünderin, das holde, süßduftige Babylon, und endlich gar gegen Griechenland, die blühende Heimat der Kunst!

Es ist ein merkwürdiges Schauspiel, wie das Volk des Geistes sich allmählig ganz von der Materie befreit, sich ganz spiritualisiert. Moses gab dem Geiste gleichsam materielle Bollwerke, gegen den realen Andrang der Nachbarvölker: Rings um das Feld, wo er Geist gesäet, pflanzte er das schroffe Zeremonialgesetz und eine egoistische Nationalität als schützende Dornhecke. Als aber die heilige Geistpflanze so tiefe Wurzel geschlagen und so himmelhoch emporgeschossen, dass sie nicht mehr ausgereutet werden konnte: da kam Jesus Christus und riss das Zeremonialgesetz nieder, das fürder keine nützliche Bedeutung mehr hatte, und er sprach sogar das Vernichtungsurteil über die jüdische Nationalität ... Er berief alle Völker der Erde zur Teilnahme an dem Reiche Gottes, das früher nur einem einzigen auserlesenen Gottesvolke gehörte, er gab der ganzen Menschheit das jüdische Bürgerrecht ... Das war eine große Emanzipationsfrage, die jedoch weit großmütiger gelöst wurde wie die heutigen Emanzipationsfragen in Sachsen und Hannover ... Freilich der Erlöser, der seine Brüder vom Zeremonialgesetz und der Nationalität befreite und den Kosmopolitismus stiftete, ward ein Opfer seiner Humanität, und der Stadtmagistrat von Jerusalem ließ ihn kreuzigen, und der Pöbel verspottete ihn ...

Aber nur der Leib ward verspottet und gekreuzigt, der Geist ward verherrlicht, und das Martyrtum des Triumphators, der dem Geiste die Weltherrschaft erwarb, ward Sinnbild dieses Sieges, und die ganze Menschheit strebte seitdem, *in imitationem Christi*, nach leiblicher Abtötung und übersinnlichem Aufgehen im absoluten Geiste ...

Wann wird die Harmonie wieder eintreten, wann wird die Welt wieder gesunden von dem einseitigen Streben nach Vergeistigung, dem tollen Irrtume, wodurch sowohl Seele wie Körper erkrankten! Ein großes Heilmittel liegt in der politischen Bewegung und in der Kunst. Napoleon und Goethe haben trefflich gewirkt. Jener, indem er die Völker zwang sich allerlei gesunde Körperbewegung zu gestatten; dieser, indem er uns wieder für griechische Kunst empfänglich machte und solide Werke schuf, woran wir uns, wie an marmornen Götterbildern, festklammern können, um nicht unterzugehen im Nebelmeer des absoluten Geistes ...

Helgoland, den 18. Julius.
Im Alten Testamente habe ich das erste Buch Mosis ganz durchgelesen. Wie lange Karawanenzüge zog die heilige Vorwelt durch meinen Geist. Die Kamele ragen hervor. Auf ihrem hohen Rücken sitzen die verschleierten Rosen von Kanaan. Fromme Viehhirten, Ochsen und Kühe vor sich hin treibend. Das zieht über kahle Berge, heiße Sandflächen, wo nur hie und da eine Palmengruppe zum Vorschein kommt und Kühlung fächelt. Die Knechte graben Brunnen. Süßes, stilles, hellsonniges Morgenland! Wie lieblich ruht es sich unter deinen Zelten! O Laban, könnte ich deine Herden weiden! Ich würde dir gerne sieben Jahre dienen um Rahel, und noch andere sieben Jahre für die Lea, die du mir in den Kauf gibst! Ich höre wie sie blöken, die Schafe Jakobs, und ich sehe wie er ihnen die geschälten Stäbe vorhält, wenn sie in der Brunstzeit zur Tränke gehn. Die gesprenkelten gehören jetzt uns. Unterdessen kommt Ruben nach Hause und bringt seiner Mutter einen Strauß Dudaim, die er auf dem Felde gepflückt. Rahel verlangt die Dudaim und Lea gibt sie ihr mit der Bedingung, dass Jakob dafür die nächste Nacht

bei ihr schlafe. Was sind Dudaim? Die Kommentatoren haben sich vergebens darüber den Kopf zerbrochen. Luther weiß sich nicht besser zu helfen, als dass er diese Blumen ebenfalls Dudaim nennt. Es sind vielleicht schwäbische Gelbveiglein. Die Liebesgeschichte von der Dina und dem jungen Sichem hat mich sehr gerührt. Ihre Brüder Simeon und Levy haben jedoch die Sache nicht so sentimentalisch aufgefasst. Abscheulich ist es, dass sie den unglücklichen Sichem und alle seine Angehörigen mit grimmiger Hinterlist erwürgten, obgleich der arme Liebhaber sich anheischig machte ihre Schwester zu heuraten, ihnen Länder und Güter zu geben, sich mit ihnen zu einer einzigen Familie zu verbünden, obgleich er bereits in dieser Absicht sich und sein ganzes Volk beschneiden ließ. Die beiden Burschen hätten froh sein sollen, dass ihre Schwester eine so glänzende Partie machte, die angelobte Verschwägerung war für ihren Stamm von höchstem Nutzen, und dabei gewannen sie, außer der kostbarsten Morgengabe, auch eine gute Strecke Land, dessen sie eben sehr bedurften ... Man kann sich nicht anständiger aufführen wie dieser verliebte Sichemprinz, der am Ende doch nur aus Liebe die Rechte der Ehe antizipiert hatte ...

Aber das ist es, er hatte ihre Schwester geschwächt, und für dieses Vergehen gibt es bei jenen ehrstolzen Brüdern keine andere Buße als den Tod ... und wenn der Vater sie ob ihrer blutigen Tat zur Rede stellt und die Vorteile erwähnt, die ihnen die Verschwägerung mit Sichem verschafft hätte, antworten sie: Sollten wir etwa Handel treiben mit der Jungferschaft unserer Schwester?

Störrige, grausame Herzen, diese Brüder. Aber unter dem harten Stein duftet das zarteste Sittlichkeitsgefühl. Sonderbar, dieses Sittlichkeitsgefühl, wie es sich noch bei anderen Gelegenheiten im Leben der Erzväter äußert, ist nicht Resultat einer positiven Religion oder einer politischen Gesetzgebung – nein, damals gab es bei den Vorfahren der Juden weder positive Religion noch politisches Gesetz, beides entstand erst in späterer Zeit. Ich glaube daher behaupten zu können, die Sittlichkeit ist unabhängig von Dogma und Legislation, sie ist ein reines Produkt des gesunden Menschengefühls, und die wahre Sittlichkeit, die Vernunft des Herzens, wird ewig fortleben, wenn auch Kirche und Staat zugrunde gehen.

Ich wünschte, wir besäßen ein anderes Wort zur Bezeichnung dessen, was wir jetzt Sittlichkeit nennen. Wir könnten sonst verleitet werden, die Sittlichkeit als ein Produkt der Sitte zu betrachten. Die romanischen Völker sind in demselben Falle, indem ihr *morale* von *mores* abgeleitet worden. Aber wahre Sittlichkeit ist, wie von Dogma und Legislation, so auch von den Sitten eines Volks unabhängig. Letztere sind Erzeugnisse des Klimas, der Geschichte, und aus solchen Faktoren entstanden Legislation und Dogmatik. Es gibt daher eine indische, eine chinesische, eine christliche Sitte, aber es gibt nur eine einzige, nämlich eine menschliche Sittlichkeit. Diese lässt sich vielleicht nicht im Begriff erfassen, und das Gesetz der Sittlichkeit, das wir Moral nennen, ist nur eine dialektische Spielerei. Die Sittlichkeit offenbart sich in Handlungen und nur in den Motiven derselben, nicht in ihrer Form und Farbe, liegt die sittliche Bedeutung. Auf dem Titelblatt von Golownins Reise nach Japan stehen als Motto die schönen Worte, welche der russische Reisende von einem vornehmen Japanesen vernommen: »Die Sitten der Völker sind verschieden, aber gute Handlungen werden überall als solche anerkannt werden.«

Solange ich denke, habe ich über diesen Gegenstand, die Sittlichkeit, nachgedacht. Das Problem über die Natur des Guten und Bösen, das seit anderthalb Jahrtausend alle große Gemüter in quälende Bewegung gesetzt, hat sich bei mir nur in der Frage von der Sittlichkeit geltend gemacht – –

Aus dem Alten Testament springe ich manchmal ins Neue, und auch hier überschauert mich die Allmacht des großen Buches. Welchen heiligen Boden betritt hier dein Fuß! Bei dieser Lektüre sollte man die Schuhe ausziehen, wie in der Nähe von Heiligtümern.

Die merkwürdigsten Worte des Neuen Testaments sind für mich die Stelle im Evangelium Johannis, Kap. 16, V. 12. 13. »Ich habe euch noch viel zu sagen, aber ihr könnet es jetzt nicht tragen. Wenn aber jener, der Geist der Wahrheit, kommen wird, der wird euch in alle Wahrheit leiten. Denn er wird nicht von sich selbst reden, sondern was er hören wird, das wird er reden, und was zukünftig ist, wird er euch verkündigen.« Das letzte Wort ist also nicht gesagt worden, und hier ist vielleicht der Ring, woran sich eine neue Offenbarung knüpfen lässt. Sie beginnt mit der Erlösung vom Worte, macht dem Martyrtum ein Ende und stiftet das Reich der ewigen Freude: das Millennium. Alle Verheißungen finden zuletzt die reichste Erfüllung.

Eine gewisse mystische Doppelsinnigkeit ist vorherrschend im Neuen Testamente. Eine kluge Abschweifung, nicht ein System, sind die Worte: Gib Cäsarn, was des Cäsars, und Gott was Gottes ist. So auch, wenn man Christum fragt: Bist du König der Juden?, ist die Antwort ausweichend. Ebenfalls auf die Frage, ob er Gottes Sohn sei? Mahomet zeigt sich weit offener, bestimmter. Als man ihn mit einer ähnlichen Frage anging, nämlich, ob er Gottes Sohn sei, antwortete er: Gott hat keine Kinder.

Welch ein großes Drama ist die Passion! Und wie tief ist es motiviert durch die Prophezeiungen des Alten Testamentes! Sie konnte nicht umgangen werden, sie war das rote Siegel der Beglaubnis. Gleich den Wundern, so hat auch die Passion als Annonce gedient ... Wenn jetzt ein Heiland aufsteht, braucht er sich nicht mehr kreuzigen zu lassen, um seine Lehre eindrücklich zu veröffentlichen ... er lässt sie ruhig drucken und annonciert das

Büchlein in der *Allgemeinen Zeitung* mit sechs Kreuzer die Zeile Inserationsgebühr.

Welche süße Gestalt dieser Gottmensch! Wie borniert erscheint in Vergleichung mit ihm der Heros des Alten Testaments! Moses liebt sein Volk, mit einer rührenden Innigkeit; wie eine Mutter sorgt er für die Zukunft dieses Volks. Christus liebt die Menschheit, jene Sonne umflammte die ganze Erde mit den wärmenden Strahlen seiner Liebe. Welch ein lindernder Balsam für alle Wunden dieser Welt sind seine Worte! Welch ein Heilquell für alle Leidende war das Blut welches auf Golgatha floss! ... Die weißen marmornen Griechengötter wurden bespritzt von diesem Blute, und erkrankten vor innerem Grauen, und konnten nimmermehr genesen! Die meisten freilich trugen schon längst in sich das verzehrende Siechtum und nur der Schreck beschleunigte ihren Tod. Zuerst starb Pan. Kennst du die Sage, wie Plutarch sie erzählt? Diese Schiffersage des Altertums ist höchst merkwürdig. – Sie lautet folgendermaßen:

Zur Zeit des Tiberius fuhr ein Schiff nahe an den Inseln Parä, welche an der Küste von Ätolien liegen, des Abends vorüber. Die Leute, die sich darauf befanden, waren noch nicht schlafen gegangen, und viele saßen nach dem Nachtessen beim Trinken, als man auf einmal von der Küste her eine Stimme vernahm, welche den Namen des Thamus, (so hieß nämlich der Steuermann), so laut rief, dass alle in die größte Verwunderung gerieten. Beim ersten und zweiten Rufe schwieg Thamus, beim dritten antwortete er; worauf dann die Stimme mit noch verstärktem Tone diese Worte zu ihm sagte: »Wenn du auf der Höhe von Palodes anlangst, so verkündige, dass der große Pan gestorben ist!« Als er nun diese Höhe erreichte, vollzog Thamus den Auftrag und rief vom Hinterteil des Schiffes nach dem Lande hin: »Der große Pan ist tot!« Auf diesen Ruf erfolgten von dort her die sonderbarsten Klagetöne, ein Gemisch von Seufzen und Geschrei der

Verwundrung, und wie von vielen zugleich erhoben. Die Augenzeugen erzählten dies Ereignis in Rom, wo man die wunderlichsten Meinungen darüber äußerte. Tiberius ließ die Sache näher untersuchen und zweifelte nicht an der Wahrheit.

Helgoland, den 29. Julius.

Ich habe wieder im Alten Testamente gelesen. Welch ein großes Buch! Merkwürdiger noch als der Inhalt ist für mich diese Darstellung, wo das Wort gleichsam ein Naturprodukt ist, wie ein Baum, wie eine Blume, wie das Meer, wie die Sterne, wie der Mensch selbst. Das sprosst, das fließt, das funkelt, das lächelt, man weiß nicht wie, man weiß nicht warum, man findet alles ganz natürlich. Das ist wirklich das Wort Gottes, statt dass andere Bücher nur von Menschenwitz zeugen. Im Homer, dem anderen großen Buche, ist die Darstellung ein Produkt der Kunst, und wenn auch der Stoff immer, ebenso wie in der Bibel, aus der Realität aufgegriffen ist, so gestaltet er sich doch zu einem poetischen Gebilde, gleichsam umgeschmolzen im Tiegel des menschlichen Geistes; er wird geläutert durch einen geistigen Prozess, welchen wir die Kunst nennen. In der Bibel erscheint auch keine Spur von Kunst; das ist der Stil eines Notizenbuchs, worin der absolute Geist, gleichsam ohne alle individuelle menschliche Beihülfe, die Tagesvorfälle eingezeichnet, ungefähr mit derselben tatsächlichen Treue, womit wir unsere Waschzettel schreiben. Über diesen Stil lässt sich gar kein Urteil aussprechen, man kann nur seine Wirkung auf unser Gemüt konstatieren, und nicht wenig mussten die griechischen Grammatiker in Verlegenheit geraten, als sie manche frappante Schönheiten in der Bibel nach hergebrachten Kunstbegriffen definieren sollten. Longinus spricht von Erhabenheit. Neuere Ästhetiker sprechen von Naivität. Ach! wie gesagt, hier fehlen alle Maßstäbe der Beurteilung ... die Bibel ist das Wort Gottes.

Nur bei einem einzigen Schriftsteller finde ich etwas was an jenen unmittelbaren Stil der Bibel erinnert. Das ist Shakespeare. Auch bei ihm tritt das Wort manchmal in jener schauerlichen Nacktheit hervor, die uns erschreckt und erschüttert; in den shakespeareschen Werken sehen wir manchmal die leibhaftige Wahrheit ohne Kunstgewand. Aber das geschieht nur in einzelnen Momenten; der Genius der Kunst, vielleicht seine Ohnmacht fühlend, überließ hier der Natur sein Amt auf einige Augenblicke und behauptet hernach umso eifersüchtiger seine Herrschaft in der plastischen Gestaltung und in der witzigen Verknüpfung des Dramas. Shakespeare ist zu gleicher Zeit Jude und Grieche, oder vielmehr beide Elemente, der Spiritualismus und die Kunst, haben sich in ihm versöhnungsvoll durchdrungen und zu einem höheren Ganzen entfaltet.

Ist vielleicht solche harmonische Vermischung der beiden Elemente die Aufgabe der ganzen europäischen Zivilisation? Wir sind noch sehr weit entfernt von einem solchen Resultate. Der Grieche Goethe und mit ihm die ganze poetische Partei hat in jüngster Zeit seine Antipathie gegen Jerusalem fast leidenschaftlich ausgesprochen. Die Gegenpartei, die keinen großen Namen an ihrer Spitze hat, sondern nur einige Schreihälse, wie z.B. der Jude Pustkuchen, der Jude Wolfgang Menzel, der Jude Hengstenberg, diese erheben ihr pharisäisches Zeter umso krächzender gegen Athen und den großen Heiden.

Mein Stubennachbar, ein Justizrat aus Königsberg, der hier badet, hält mich für einen Pietisten, da er immer, wenn er mir seinen Besuch abstattet, die Bibel in meinen Händen findet. Er möchte mich deshalb gern ein bisschen prickeln, und ein kaustisch ostpreußisches Lächeln beflimmert sein mageres hagestolzes Gesicht, jedes Mal wenn er über Religion mit mir sprechen kann. Wir disputierten gestern über die Dreieinigkeit. Mit dem Vater ging es noch gut; das ist ja der Weltschöpfer und jedes Ding muss seine Ursache haben. Es haperte schon bedeutend mit dem Glauben an den Sohn, den sich der kluge Mann gern verbitten möchte, aber jedoch am Ende, mit fast ironischer Gutmütigkeit, annahm. Jedoch die dritte Person der Dreieinigkeit, der Heilige Geist, fand den unbedingtesten Widerspruch. Was der Heilige Geist ist, konnte er durchaus nicht begreifen, und plötzlich auflachend rief er: »Mit dem Heiligen Geist hat es wohl am Ende dieselbe Bewandtnis wie mit dem dritten Pferde, wenn man Extrapost reist; man muss immer dafür bezahlen und bekömmt es doch nie zu sehen, dieses dritte Pferd.«

Mein Nachbar, der unter mir wohnt, ist weder Pietist noch Rationalist, sondern ein Holländer, indolent und ausgebuttert wie der Käse womit er handelt. Nichts kann ihn in Bewegung setzen, er ist das Bild der nüchternsten Ruhe, und sogar wenn er sich mit meiner Wirtin über sein Lieblingsthema, das Einsalzen der Fische, unterhält, erhebt sich seine Stimme nicht aus der plattesten Monotonie. Leider, wegen des dünnen Bretterbodens, muss ich manchmal dergleichen Gespräche anhören, und während ich hier oben mit dem Preußen über die Dreieinigkeit sprach, erklärte unten der Holländer, wie man Kabeljau, Laberdan und Stockfisch voneinander unterscheidet; es sei im Grunde ein und dasselbe.

Mein Hauswirt ist ein prächtiger Seemann, berühmt auf der ganzen Insel wegen seiner Unerschrockenheit in Sturm und Not, dabei gutmütig und sanft wie ein Kind. Er ist eben von einer großen Fahrt zurückgekehrt, und mit lustigem Ernste erzählte er mir von einem Phänomen, welches er gestern, am 28. Juli, auf der hohen See wahrnahm. Es klingt drollig: Mein Hauswirt behauptet nämlich, die ganze See roch nach frisch gebackenem Kuchen,

und zwar sei ihm der warme delikate Kuchenduft so verführe-
risch in die Nase gestiegen, dass ihm ordentlich weh ums Herz
ward. Siehst du, das ist ein Seitenstück zu dem neckenden Luft-
bild, das dem lechzenden Wandrer in der arabischen Sandwüste
eine klare erquickende Wasserfläche vorspiegelt. Eine gebackene
Fata Morgana.

Helgoland, den 1. August.

– – Du hast keinen Begriff davon, wie das *dolce far niente* mir
hier behagt. Ich habe kein einziges Buch, das sich mit den Ta-
gesinteressen beschäftigt, hierher mitgenommen. Meine ganze
Bibliothek besteht aus Paul Warnefrieds Geschichte der Langobarden, der Bibel, dem Homer und einigen Scharteken über
Hexenwesen. Über Letzteres möchte ich gern ein interessantes
Büchlein schreiben. Zu diesem Behufe beschäftigte ich mich
jüngst mit Nachforschung über die letzten Spuren des Heiden-
tums in der getauften modernen Zeit. Es ist höchst merkwürdig,
wie lange und unter welchen Vermummungen sich die schönen
Wesen der griechischen Fabelwelt in Europa erhalten haben. –
Und im Grunde erhielten sie sich ja bei uns bis auf heutigen Tag,
bei uns, den Dichtern. Letztere haben, seit dem Sieg der christ-
lichen Kirche, immer eine stille Gemeinde gebildet, wo die Freude des alten Bilderdienstes, der jauchzende Götterglaube sich
fortpflanzte von Geschlecht auf Geschlecht, durch die Tradition
der heiligen Gesänge ... Aber ach! die *Ecclesia pressa*, die den
Homeros als ihren Propheten verehrt, wird täglich mehr und
mehr bedrängt, der Eifer der schwarzen Familiaren wird immer bedenklicher angefacht. Sind wir bedroht mit einer neuen
Götterverfolgung?

Furcht und Hoffnung wechseln ab in meinem Geiste, und mir wird sehr ungewiss zumute.

– – Ich habe mich mit dem Meere wieder ausgesöhnt, (du weißt, wir waren *en délicatesse*) und wir sitzen wieder des Abends beisammen und halten geheime Zwiegespräche. Ja, ich will die Politik und die Philosophie an den Nagel hängen und mich wieder der Naturbetrachtung und der Kunst hingeben. Ist doch all dieses Quälen und Abmühen nutzlos, und obgleich ich mich marterte für das allgemeine Heil, so wird doch dieses wenig dadurch gefördert. Die Welt bleibt, nicht im starren Stillstand, aber im erfolglosesten Kreislauf. Einst, als ich noch jung und unerfahren, glaubte ich, dass wenn auch im Befreiungskampfe der Menschheit der einzelne Kämpfer zugrunde geht, dennoch die große Sache am Ende siege … Und ich erquickte mich an jenen schönen Versen Byrons: »Die Wellen kommen eine nach der andern herangeschwommen, und eine nach der anderen zerbrechen sie und zerstieben sie auf dem Strande, aber das Meer selber schreitet vorwärts – –«

Ach! wenn man dieser Naturerscheinung länger zuschaut, so bemerkt man, dass das vorwärtsgeschrittene Meer, nach einem gewissen Zeitlauf, sich wieder in sein voriges Bett zurückzieht, später aufs Neue daraus hervortritt, mit derselben Heftigkeit das verlassene Terrain wiederzugewinnen sucht, endlich kleinmütig wie vorher die Flucht ergreift, und dieses Spiel beständig wiederholend, dennoch niemals weiterkommt … Auch die Menschheit bewegt sich nach den Gesetzen von Ebb und Flut, und vielleicht auch auf die Geisterwelt übt der Mond seine siderischen Einflüsse – –

Es ist heute junges Licht, und trotz aller wehmütigen Zweifelsucht, womit sich meine Seele hin und her quält, beschleichen mich wunderliche Ahnungen … Es geschieht jetzt etwas Außerordentliches in der Welt … Die See riecht nach Kuchen, und die Wolkenmönche sahen vorige Nacht so traurig aus, so betrübt ...

Ich wandelte einsam am Strand in der Abenddämmerung. Ringsum herrschte feierliche Stille. Der hochgewölbte Himmel glich der Kuppel einer gotischen Kirche. Wie unzählige Lampen hingen darin die Sterne; aber sie brannten düster und zitternd. Wie eine Wasserorgel rauschten die Meereswellen; stürmische Choräle, schmerzlich, verzweiflungsvoll, jedoch mitunter auch triumphierend. Über mir ein luftiger Zug von weißen Wolkenbildern, die wie Mönche aussahen, alle gebeugten Hauptes und kummervollen Blickes dahinziehend, eine traurige Prozession ... Es sah fast aus als ob sie einer Leiche folgten. Wer wird begraben? Wer ist gestorben? sprach ich zu mir selber. Ist der große Pan tot?

Helgoland, den 6. August.

Während sein Heer mit den Langobarden kämpfte, saß der König der Heruler ruhig in seinem Zelte und spielte Schach. Er bedrohte mit dem Tode denjenigen, der ihm eine Niederlage melden würde. Der Späher, der, auf einem Baume sitzend, dem Kampfe zuschaute, rief immer: Wir siegen, wir siegen! – bis er endlich laut aufseufzte: »Unglücklicher König! Unglückliches Volk der Heruler!« Da merkte der König, dass die Schlacht verloren, aber zu spät! Denn die Langobarden drangen zu gleicher Zeit in sein Zelt und erstachen ihn ...

Ebendiese Geschichte las ich im Paul Warnefried, als das dicke Zeitungspaket mit den warmen, glühend heißen Neuigkeiten vom festen Lande ankam. Es waren Sonnenstrahlen, eingewickelt in Druckpapier, und sie entflammten meine Seele, bis zum wildesten Brand. Mir war als könnte ich den ganzen Ozean bis zum Nordpol anzünden mit den Gluten der Begeisterung und der tollen Freude, die in mir loderten. Jetzt weiß ich auch, warum die ganze See nach Kuchen roch. Der Seinefluss hatte die gute Nachricht unmittelbar ins Meer verbreitet, und in ihren Kristallpalästen haben die schönen Wasserfrauen, die von jeher allem Heldentum hold, gleich einen Tee-dansant gegeben, zur Feier der großen Begebenheiten, und deshalb roch das ganze Meer nach Kuchen. Ich lief wie wahnsinnig im Hause herum, und küsste zuerst die dicke Wirtin, und dann ihren freundlichen Seewolf, auch umarmte ich den preußischen Justizkommissarius, um dessen Lippen freilich das frostige Lächeln des Unglaubens nicht ganz verschwand. Sogar den Holländer drückte ich an mein Herz ... Aber dieses indifferente Fettgesicht blieb kühl und ruhig, und ich glaube, wär ihm die Juliussonne in Person um den Hals gefallen, Mynheer würde nur in einen gelinden Schweiß, aber keineswegs in Flammen geraten sein. Diese Nüchternheit inmitten einer allgemeinen Begeisterung ist empörend. Wie die Spartaner ihre Kinder vor der Trunkenheit bewahrten, indem sie ihnen als warnendes Beispiel einen berauschten Heloten zeigten: so sollten wir in unseren Erziehungsanstalten einen Holländer füttern, dessen sympathielose, gehäbige Fischnatur den Kindern einen Abscheu vor der Nüchternheit einflößen möge. Wahrlich, diese holländische Nüchternheit ist ein weit fataleres Laster als die Besoffenheit eines Heloten. Ich möchte Mynheer prügeln ...

Aber nein, keine Exzesse! Die Pariser haben uns ein so brillantes Beispiel von Schonung gegeben. Wahrlich, Ihr verdient es, frei zu sein, Ihr Franzosen, denn Ihr tragt die Freiheit im Herzen. Dadurch unterscheidet Ihr euch von Euren armen Vätern, welche sich aus jahrtausendlicher Knechtschaft erhoben, und bei allen ihren Heldentaten auch jene wahnsinnige Gräuel ausübten, worüber der Genius der Menschheit sein Antlitz verhüllte. Die

Hände des Volks sind diesmal nur blutig geworden im Schlacht-gewühle gerechter Gegenwehr, nicht nach dem Kampf. Das Volk verband selbst die Wunden seiner Feinde, und als die Tat abgetan war, ging es wieder ruhig an seine Tagesbeschäftigung, ohne für die große Arbeit auch nur ein Trinkgeld verlangt zu haben!

»Den Sklaven, wenn er die Kette bricht,
Den freien Mann, den fürchte nicht!«

Du siehst, wie berauscht ich bin, wie außer mir, wie allgemein … ich zitiere Schillers Glocke.

Und den alten Knaben, dessen unverbesserliche Torheit so viel Bürgerblut gekostet, haben die Pariser mit rührender Schonung behandelt. Er saß wirklich beim Schachspiel, wie der König der Heruler, als die Sieger in sein Zelt stürzten. Mit zitternder Hand unterzeichnete er die Abdankung. Er hat die Wahrheit nicht hören wollen. Er behielt ein offnes Ohr nur für die Lüge der Höflinge. Diese riefen immer: Wir siegen! wir siegen! Unbegreif-lich war diese Zuversicht des königlichen Toren … Verwundert blickte er auf, als das Journal des débats, wie einst der Wächter während der Langobardenschlacht plötzlich ausrief: *Malheureux roi! malheureuse France!*

Mit ihm, mit Karl X., hat endlich das Reich Karls des Großen ein Ende, wie das Reich des Romulus sich endigte mit Romulus Augustulus. Wie einst ein neues Rom, so beginnt jetzt ein neues Frankreich.

Es ist mir alles noch wie ein Traum; besonders der Name Lafayette klingt mir wie eine Sage aus der frühesten Kindheit. Sitzt er wirklich jetzt wieder zu Pferde, kommandierend die Na-tionalgarde? Ich fürchte fast, es sei nicht wahr, denn es ist ge-druckt. Ich will selbst nach Paris gehen, um mich mit leiblichen Augen davon zu überzeugen … Es muss prächtig aussehen, wenn er dort durch die Straßen reitet, der Bürger beider Welten, der göttergleiche Greis, die silbernen Locken herabwallend über die heilige Schulter … Er grüßt mit den alten lieben Augen die Enkel jener Väter, die einst mit ihm kämpften für Freiheit und Gleichheit … Es sind jetzt sechzig Jahr, dass er aus Amerika zurückgekehrt mit der Erklärung der Menschheitsrechte, den zehn Geboten des neuen Weltglaubens, die ihm dort offenbart wurden unter Kanonendonner und Blitz … Dabei weht wieder auf den Türmen von Paris die dreifarbige Fahne und es klingt die Marseillaise!

Lafayette, die dreifarbige Fahne, die Marseillaise … Ich bin wie berauscht. Kühne Hoffnungen steigen leidenschaftlich empor, wie Bäume mit goldenen Früchten und wilden, wachsenden Zweigen, die ihr Laubwerk weit ausstrecken bis in die Wolken … Die Wolken aber im raschen Fluge entwurzeln diese Riesenbäume und jagen damit von dannen. Der Himmel hängt voller Violinen, und auch ich rieche es jetzt, die See duftet nach frisch gebackenen Kuchen. Das ist ein beständiges Geigen da droben in himmelblauer Freudigkeit, und das klingt aus den smaragdenen Wellen wie heiteres Mädchengekicher. Unter der Erde aber kracht es und klopft es, der Boden öffnet sich, die alten Götter strecken daraus ihre Köpfe hervor, und mit hastiger Verwunderung fragen sie: »Was bedeutet der Jubel, der bis ins Mark der Erde drang? Was gibts Neues? Dürfen wir wieder hinauf?« Nein, Ihr bleibt unten in Nebelheim, wo bald ein neuer Todesgenosse zu euch hinabsteigt … – »Wie heißt er?« Ihr kennt ihn gut, ihn, der euch einst hinabstieß in das Reich der ewigen Nacht …

Pan ist tot!

Helgoland, den 10. August.

Lafayette, die dreifarbige Fahne, die Marseillaise ...

Fort ist meine Sehnsucht nach Ruhe. Ich weiß jetzt wieder was ich will, was ich soll, was ich muss ... Ich bin der Sohn der Revolution und greife wieder zu den gefeiten Waffen, worüber meine Mutter ihren Zaubersegen ausgesprochen ... Blumen! Blumen! Ich will mein Haupt bekränzen zum Todeskampf. Und auch die Leier, reicht mir die Leier, damit ich ein Schlachtlied singe ... Worte gleich flammenden Sternen, die aus der Höhe herabschießen und die Paläste verbrennen und die Hütten erleuchten ... Worte gleich blanken Wurfspeeren, die bis in den siebenten Himmel hinaufschwirren und die frommen Heuchler treffen, die sich dort eingeschlichen ins Allerheiligste ...

Ich bin ganz Freude und Gesang, ganz Schwert und Flamme!

Vielleicht auch ganz toll ... Von jenen wilden, in Druckpapier gewickelten Sonnenstrahlen ist mir einer ins Hirn geflogen, und alle meine Gedanken brennen lichterloh. Vergebens tauche ich den Kopf in die See. Kein Wasser löscht dieses griechische Feuer. Aber es geht den anderen nicht viel besser. Auch die übrigen Badegäste traf der Pariser Sonnenstich, zumal die Berliner, die dieses Jahr in großer Anzahl hier befindlich und von einer Insel zur andern kreuzen, sodass man sagen konnte, die ganze Nordsee sei überschwemmt von Berlinern. Sogar die armen Helgolander jubeln vor Freude, obgleich sie die Ereignisse nur instinktmäßig begreifen. Der Fischer welcher mich gestern nach der kleinen Sandinsel, wo man badet, überfuhr, lachte mich an mit den Worten: »Die armen Leute haben gesiegt!« Ja, mit seinem Instinkt, begreift das Volk die Ereignisse vielleicht besser als wir mit allen unseren Hülfskenntnissen. So erzählte mir einst Frau v. Varnhagen: Als man den Ausgang der Schlacht bei Leipzig noch nicht wusste, sei plötzlich die Magd ins Zimmer gestürzt, mit dem Angstschrei: »Der Adel hat gewonnen.«

Diesmal haben die armen Leute den Sieg erfochten. »Aber es hilft ihnen nichts, wenn sie nicht auch das Erbrecht besiegen!« Diese Worte sprach der ostpreußische Justizrat in einem Tone, der mir sehr auffiel. Ich weiß nicht warum diese Worte, die ich nicht begreife, mir so beängstigend im Gedächtnis bleiben. Was will er damit sagen, der trockene Kauz?

Diesen Morgen ist wieder ein Paket Zeitungen angekommen. Ich verschlinge sie wie Manna. Ein Kind wie ich bin, beschäftigen mich die rührenden Einzelheiten noch weit mehr als das bedeutungsvolle Ganze. O, könnte ich nur den Hund Medor sehen! Dieser interessiert mich weit mehr als die anderen, die dem Philipp von Orléans mit schnellen Sprüngen die Krone apportiert haben. Der Hund Medor apportierte seinem Herrn Flinte und Patrontasche, und als sein Herr fiel und samt seinen Mithelden auf dem Hofe des Louvre begraben wurde, da blieb der arme Hund, wie ein Steinbild der Treue, regungslos auf dem Grabe sitzen, Tag und Nacht, von den Speisen die man ihm bot, nur wenig genießend, den größten Teil derselben in die Erde verscharrend, vielleicht als Atzung für seinen begrabenen Herrn!

Ich kann gar nicht mehr schlafen, und durch den überreizten Geist jagen die bizarrsten Nachtgesichte. Wachende Träume, die übereinander hinstolpern, sodass die Gestalten sich abenteuerlich vermischen, und wie im chinesischen Schattenspiel sich jetzt zwerghaft verkürzen, dann wieder gigantisch verlängern; zum Verrücktwerden. In diesem Zustande ist mir manchmal zu Sinne, als ob meine eignen Glieder ebenfalls sich kolossal ausdehnten und dass ich, wie mit ungeheur langen Beinen, von Deutschland nach Frankreich und wieder zurück liefe. Ja, ich erinnere mich, vorige Nacht lief ich solchermaßen durch alle deutsche Länder und Ländchen und klopfte an den Türen meiner Freunde und störte die Leute aus dem Schlafe ... Sie glotzten mich manchmal an mit verwunderten Glasaugen, sodass ich selbst erschrak und nicht gleich wusste was ich eigentlich wollte und warum ich sie weckte! Manche dicke Philister, die allzu widerwärtig schnarchten, stieß ich bedeutungsvoll in die Rippen, und gähnend frugen sie: »Wie viel Uhr ist es denn?« In Paris, lieben Freunde, hat der Hahn gekräht; das ist alles, was ich weiß. – Hinter Augsburg, auf dem Wege nach München, begegneten mir eine Menge gotischer Dome, die auf der Flucht zu sein schienen und ängstlich wackelten. Ich selber, des vielen Umherlaufens satt, ich gab mich endlich ans Fliegen, und so flog ich von einem Stern zum andern. Sind aber keine bevölkerte Welten, wie andere träumen, sondern nur glänzende Steinkugeln, öde und fruchtlos. Sie fallen nicht herunter, weil sie nicht wissen worauf sie fallen können. Schweben dort oben auf und ab, in der größten Verlegenheit. Kam auch in den Himmel. Tür und Tor stand offen. Lange, hohe, weithallende Säle, mit altmodischen Vergoldungen, ganz leer, nur dass hie und da, auf einem samtnen Armsessel, ein alter gepuderter Bedienter saß, in verblichen roter Livree und gelinde schlummernd. In manchen Zimmern waren die Türflügel aus ihren Angeln gehoben, an andern Orten waren die Türen fest verschlossen und obendrein mit großen runden Amtssiegeln dreifach versiegelt, wie in Häusern wo ein Bankrott oder ein Todesfall eingetreten. Kam endlich in ein Zimmer, wo an einem Schreibpult ein alter dünner Mann saß, der unter hohen Papierstößen kramte. War schwarz gekleidet, hatte ganz weiße Haare, ein faltiges Geschäftsgesicht und frug mich mit gedämpfter Stimme, was ich wolle? In meiner Naivität hielt ich ihn für den lieben Herrgott, und ich sprach zu ihm ganz zutrauungsvoll: »Ach, lieber Herrgott, ich möchte donnern lernen, blitzen kann ich ... ach, lehren Sie mich auch donnern!« Sprechen Sie nicht so laut, entgegnete mir heftig der alte dünne Mann, drehte mir den Rücken, und kramte weiter unter seinen Papieren. »Das ist der Herr Registrator«, flüsterte mir einer von den roten Bedienten, der von seinem Schlafsessel sich erhob und sich gähnend die Augen rieb ...

Pan ist tot!

Cuxhaven, den 19. August.

Unangenehme Überfahrt, in einem offenen Kahn, gegen Wind und Wetter; sodass ich, wie immer in solchen Fällen, von der Seekrankheit zu leiden hatte. Auch das Meer, wie andre Personen, lohnt meine Liebe mit Ungemach und Quälnissen. Anfangs geht es gut, da lass ich mir das neckende Schaukeln gern gefallen. Aber allmählig schwindelt es mir im Kopfe, und allerlei fabelhafte Gesichte umschwirren mich. Aus den dunkeln Meerstrudeln steigen die alten Dämonen hervor, in scheußlicher Nacktheit bis an die Hüften, und sie heulen schlechte unverständliche Verse, und spritzen mir den weißen Wellenschaum ins Antlitz. Zu noch weit fataleren Fratzenbildern gestalten sich droben die Wolken, die so tief herabhängen, dass sie fast mein Haupt berühren und mir mit ihren dummen Fistelstimmchen die unheimlichsten Narreteien ins Ohr pfeifen. Solche Seekrankheit, ohne gefährlich zu sein, gewährt sie dennoch die entsetzlichsten Missempfindungen, unleidlich bis zum Wahnsinn. Am Ende, im fieberhaften Katzenjammer, bildete ich mir ein, ich sei ein Walfisch und ich trüge im Bauche den Propheten Jonas.

Der Prophet Jonas aber rumorte und wütete in meinem Bauche und schrie beständig: »O Ninive! O Ninive! Du wirst untergehen! In deinen Palästen werden Bettler sich lausen, und in deinen Tempeln werden die babylonischen Kürassiere ihre Stuten füttern. Aber Euch, Ihr Priester Baals, Euch wird man bei den Ohren fassen und Eure Ohren festnageln an die Pforte der Tempel! Ja, an die Türen Eurer Läden wird man Euch mit den Ohren annageln, Ihr Leibbäcker Gottes! Denn Ihr habt falsches Gewicht gegeben, Ihr habt leichte betrügerische Brote dem Volke verkauft! O Ihr geschorenen Schlauköpfe! wenn das Volk hungerte, reichtet Ihr ihm eine dünne homöopathische Scheinspeise, und wenn es dürstete, tranket Ihr statt seiner: Höchstens den Königen reichtet Ihr den vollen Kelch. Ihr aber, Ihr assyrischen Spießbürger und Grobiane, Ihr werdet Schläge bekommen mit Stöcken und Ruten, und auch Fußtritte werdet Ihr bekommen, und Ohrfeigen, und ich kann es euch voraussagen mit Bestimmtheit, denn erstens werde ich alles Mögliche tun, damit Ihr sie bekommt, und zweitens bin ich Prophet, der Prophet Jonas, Sohn Amithai ... O Ninive, o Ninive, du wirst untergehn!«

So ungefähr predigte mein Bauchredner, und er schien dabei so stark zu gestikulieren und sich in meinen Gedärmen zu verwickeln, dass sich mir alles kullernd im Leibe herumdrehte ... bis ich es endlich nicht länger ertragen konnte und den Propheten Jonas ausspuckte.

Solcherweise ward ich erleichtert und genas endlich ganz und gar, als ich landete und im Gasthof eine gute Tasse Tee bekam.

Hier wimmelts von Hamburgern und ihren Gemahlinnen, die das Seebad gebrauchen. Auch Schiffskapitäne aus allen Ländern, die auf guten Fahrwind warten spazieren hier hin und her, auf den hohen Dämmen, oder sie liegen in den Kneipen und trinken sehr starken Grog und jubeln über die drei Julitage. In allen Sprachen bringt man den Franzosen ihr wohlverdientes Vivat, und der sonst so wortkarge Brite preist sie ebenso redselig wie jener geschwätzige Portugiese, der es bedauerte, dass er seine

Ladung Orangen nicht direkt nach Paris bringen könne, um das Volk zu erfrischen nach der Hitze des Kampfes.

Sogar in Hamburg, wie man mir erzählt, in jenem Hamburg wo der Franzosenhass am tiefsten wurzelte, herrscht jetzt nichts als Enthusiasmus für Frankreich … Alles ist vergessen, Davoust, die beraubte Bank, die füsilierten Bürger, die altdeutschen Röcke, die schlechten Befreiungsverse, Vater Blücher, Heil dir im Siegerkranze, alles ist vergessen … In Hamburg flattert die Trikolore, überall erklingt dort die Marseillaise, sogar die Damen erscheinen im Theater mit dreifarbigen Bandschleifen auf der Brust, und sie lächeln mit ihren blauen Augen, roten Mündlein und weißen Näschen … Sogar die reichen Bankiers, welche infolge der revolutionären Bewegung an ihren Staatspapieren sehr viel Geld verlieren, teilen großmütig die allgemeine Freude, und jedes Mal wenn ihnen der Makler meldet, dass die Kurse noch tiefer gefallen, schauen sie desto vergnügter und antworten: »Es ist schon gut, es tut nichts, es tut nichts!«

Ja, überall, in allen Landen, werden die Menschen die Bedeutung dieser drei Julitage sehr leicht begreifen und darin einen Triumph der eigenen Interessen erkennen und feiern. Die große Tat der Franzosen spricht so deutlich zu allen Völkern und allen Intelligenzen, den höchsten und den niedrigsten, und in den Steppen der Baschkiren werden die Gemüter ebenso tief erschüttert werden wie auf den Höhen Andalusiens … Ich sehe schon wie dem Napolitaner der Makkaroni und dem Irländer seine Kartoffel im Munde stecken bleibt, wenn die Nachricht bei ihnen anlangt … Pulischinell ist kapabel zum Schwert zu greifen, und Paddy wird vielleicht einen Bull machen, worüber den Engländern das Lachen vergeht.

Und Deutschland? Ich weiß nicht. Werden wir endlich von unseren Eichenwäldern den rechten Gebrauch machen, nämlich zu Barrikaden für die Befreiung der Welt? Werden wir, denen die

Natur soviel Tiefsinn, soviel Kraft, soviel Mut erteilt hat, endlich unsere Gottesgaben benutzen und das Wort des großen Meisters, die Lehre von den Rechten der Menschheit, begreifen, proklamieren und in Erfüllung bringen?

Es sind jetzt sechs Jahre, dass ich, zu Fuß das Vaterland durchwandernd, auf der Wartburg ankam und die Zelle besuchte wo Doktor Luther gehaust. Ein braver Mann, auf den ich keinen Tadel kommen lasse; er vollbrachte ein Riesenwerk, und wir wollen ihm immer dankbar die Hände küssen, für das was er tat. Wir wollen nicht mit ihm schmollen, dass er unsere Freunde allzu unhöflich anließ, als sie in der Exegese des göttlichen Wortes etwas weiter gehen wollten als er selber, als sie auch die irdische Gleichheit der Menschen in Vorschlag brachten ... Ein solcher Vorschlag war freilich damals noch unzeitgemäß, und Meister Hemling, der dir dein Haupt abschlug, armer Thomas Münzer, er war in gewisser Hinsicht wohl berechtigt zu solchem Verfahren: denn er hatte das Schwert in Händen, und sein Arm war stark!

Auf der Wartburg besuchte ich auch die Rüstkammer, wo die alten Harnische hängen, die alten Pickelhauben, Tartschen, Hellebarden, Flamberge, die eiserne Garderobe des Mittelalters. Ich wandelte nachsinnend im Saale herum mit einem Universitätsfreunde, einem jungen Herrn vom Adel, dessen Vater damals einer der mächtigsten Viertelfürsten in unserer Heimat war und das ganze zitternde Ländchen beherrschte. Auch seine Vorfahren sind mächtige Barone gewesen, und der junge Mann schwelgte in heraldischen Erinnerungen beim Anblick der Rüstungen und der Waffen, die, wie ein angehefteter Zettel meldete, irgendeinem Ritter seiner Sippschaft angehört hatten. Als er das lange Schwert des Ahnherrn von dem Haken herablangte und aus Neugier versuchte, ob er es wohl handhaben könnte, gestand er, dass es ihm doch etwas zu schwer sei und er ließ entmutigt den Arm sinken. Als ich dieses sah, als ich sah wie der Arm des Enkels zu schwach für das Schwert seiner Väter, da dachte ich heimlich in meinem Sinn: Deutschland könnte frei sein.

Aus: *Ludwig Börne. Eine Denkschrift. Zweites Buch*

ZEITTAFEL

1797   *13. Dezember* (Datum unsicher)*:* Harry Heine in Düsseldorf geboren. Eltern: Textilkaufmann Samson Heine aus Hannover (1764 bis 1828) und Betty (jüd. Peira) van Geldern aus Düsseldorf (1771 bis 1859). Geschwister: Charlotte (Sarah, um 1802 bis 1899), Gustav (Gottschalk, um 1803 bis 1886), Maximilian (Mayer, um 1804 bis 1879). Kindheit und Schulbesuch in Düsseldorf.

1815   *September/Oktober:* Kaufmännische Praktika im Bankhaus Rindskopf und bei einer Kolonialwarenhandlung in Frankfurt am Main.

1816   *Juni:* Als Lehrling im Bankhaus Heckscher und Co. des Onkels Salomon Heine (1767 bis 1844) in Hamburg.

1817   *Februar/März:* Erste Gedichtveröffentlichungen in der Zeitschrift »Hamburgs Wächter«.

1818   *Juni:* Provisorische Aufnahme in die jüdische Gemeinde (damit quasi hamburgische Staatsbürgerschaft). Eröffnung des Kommissionsgeschäfts »Harry Heine und Comp.« für in Düsseldorf nicht abgesetzte englische Manufakturwaren.

1819   *Februar:* Wegen der Geschäftsunfähigkeit ihres Bruders Samson betreiben Salomon und Henry Heine in Hamburg dessen Entmündigung. Anschließend Liquidation der Geschäfte in Hamburg und Düsseldorf. Rückkehr Heines ins Elternhaus.

    Dezember: Beginn eines von Onkel Salomon finanzierten Studiums an der Universität Bonn (Jura und »Cameralia«).

1820   *Oktober:* Immatrikulation an der Universität Göttingen.

121

1821 *Januar:* Aufgrund eines geplanten Duells wird Heine durch das Universitätsgericht für ein Semester von der Universität verwiesen.

April: Immatrikulation an der Universität Berlin.

1822 *August:* Aufnahme in den »Verein für Cultur und Wissenschaft der Juden«.

1823 *April:* »Tragödien, nebst einem lyrischen Intermezzo«.

1824 *Januar:* Erneute Immatrikulation in Göttingen.

1825 *3. Mai:* Juristisches Examen.

28. Juni: Protestantische Taufe in Heiligenstadt auf den Namen Christian Johann Heinrich.

20. Juli: Abschluss der Promotion zum Dr. juris (Gesamtnote: III).

1826 *Januar:* Beginn der Verlagsbeziehung zu Julius Campe (1792 bis 1867).

Mai: »Reisebilder«, 1. Teil.

1827 *April bis August:* »Reisebilder«, 2. Teil. Englandaufenthalt.

Oktober: »Buch der Lieder«.

November: Übersiedlung nach München. Journalistische Tätigkeit für die »Neuen allgemeinen politischen Annalen« (als Mitredakteur) und andere Zeitschriften.

1828 *August:* Reise nach Italien.

2. Dezember: Tod des Vaters in Hamburg.

1829 *Dezember:* »Reisebilder«, 3. Teil.

1830 *Dezember:* Bemühung um eine Stelle als Ratssyndikus in Hamburg.

1831   *Januar:* »Nachträge zu den Reisebildern«.

Mai: Übersiedlung nach Paris.

Oktober: Beginn der Korrespondententätigkeit für die »Allgemeine Zeitung« (zunächst bis 1832).

1832   *Dezember:* »Französische Zustände«.

1833   Beginn der Mitarbeit an französischen Zeitschriften.

Juni: »De la France«.

Dezember: »Der Salon«, Band 1.

1834   *Mai:* »Tableaux de Voyage«, I–II.

Oktober: Beginn der engeren Beziehung zu Augustine Crescence Mirat (1815 bis 1883); als »Mathilde« wird sie Heines Lebensgefährtin und Ehefrau.

1835   *Januar:* »Der Salon«, Band 2

2. *April:* »De l'Allemagne«, I–II.

November: »Die romantische Schule«.

10. *Dezember:* Totalverbot der literarischen Avantgarde des »Jungen Deutschland« durch die Deutsche Bundesversammlung.

1837   *Juli:* »Der Salon«, Band 3; »Ueber den Denunzianten«.

1840   *Februar:* Beginn einer neuen Serie von Korrespondenzberichten für die »Allgemeine Zeitung« (bis 1848).

April: Beginn der Zahlung einer Jahrespension durch die französische Regierung (bis 1848).

August: »Ludwig Börne. Eine Denkschrift«.

Oktober: »Der Salon«, Band 4.

1841   31. *August:* Kirchliche Trauung mit Mathilde.

1. September: Ziviltrauung.

7. September: Pistolenduell mit Salomon Strauß.

1843 *Oktober bis Dezember:* Deutschlandreise, Aufenthalt in Hamburg.

1844 *Januar:* Eintritt in die Pariser Freimaurerloge »Trinosophes« (Mitglied bis 1847).

Juli bis Oktober: Reise nach Hamburg.

September: »Neue Gedichte« mit »Deutschland. Ein Wintermährchen«.

Dezember: Tod Salomon Heines in Hamburg. Beginn des Erbschaftsstreits (bis Februar 1847). Erhebliche Verschlechterung von Heines Gesundheitszustand.

1847 *Januar:* »Atta Troll. Ein Sommernachtstraum«.

Februar: Carl Heine sichert seinem Cousin die unverkürzte Fortzahlung der ursprünglichen Jahresrente zu, die später noch beträchtlich erhöht wird.

1848 *Februar–Mai:* Zusammen mit Mathilde Aufenthalt in der Klinik seines Freundes Faultrier.

März: Bekanntwerden von Heines französischer Staatspension.

April: Rapide Verschlechterung seines Gesundheitszustandes mit fortschreitender Lähmung und Krämpfen.

Mai: Beginn der Bettlägerigkeit (»Matratzengruft«).

1851 *Oktober:* »Romanzero« und »Der Doktor Faust. Ein Tanzpoem«.

13. November: Heine errichtet sein rechtsgültiges Testament.

Dezember: Beginn mit Börsenspekulationen.

1854 *Januar:* Beginn der Arbeit an den »Memoiren«.

Oktober: »Vermischte Schriften«, I–III.

Dezember: Beginn der Arbeit an einer französischen Gesamtausgabe.

1855 *Februar:* »De l'Allemagne. Nouvelle edition«, I–II.

April: »Lutèce. Lettres sur la vie politique, artistique et sociale en France«.

Juni: Bekanntschaft mit Elise Krinitz (»Mouche«, 1825 bis 1896), die ihn häufig besucht. »Poèmes et Légendes«.

1856 *17. Februar, morgens 4.45 Uhr:* Tod Heines.

19. Februar: Abnahme der Totenmaske durch Joseph Fontana.

20. Februar: Beerdigung auf dem Friedhof Montmartre. Unter den wenigen französischen Trauergästen sind Dumas und Gautier; die Familie ist nur durch den angeheirateten Cousin Joseph Cohen vertreten.

9. Mai: »Tableaux de voyage. Nouvelle édition«, I–II.

TEXTNACHWEIS

Textzitate wurden der von Manfred Windfuhr edierten historisch-kritischen Gesamtausgabe der Werke Heinrich Heines (16 Bde., Hamburg: Hoffmann und Campe Verlag 1973–1996), Briefzitate der von der Stiftung Weimarer Klassik und dem Centre National de la Recherche Scientifique in Paris herausgegebenen Säkularausgabe (Berlin: Akademie Verlag, Paris: Editions du CNRS 1970 ff.) entnommen. Druckversehen wurden korrigiert; die Orthographie wurde unter Wahrung des Lautstandes der heutigen Rechtschreibung angenähert; in die Interpunktion wurde nicht eingegriffen. Die Kapitelüberschriften wurden vom Herausgeber eingefügt.

ZUM AUTOR

Heinrich Heine, geboren am 13. Dezember 1797 (Datum unsicher) in Düsseldorf, gestorben am 17. Februar 1856 in Paris. Schulzeit und kaufmännische Ausbildung in Düsseldorf, Frankfurt und Hamburg; anschließend Jurastudium in Bonn, Berlin und Göttingen. 1825 Promotion zum Dr. jur., 1831 Übersiedlung nach Paris. Seit 1841 verheiratet mit Augustine (genannt Mathilde) Mirat. Wichtige Publikationen: *Buch der Lieder* (1827), *Reisebilder* (4 Bde., 1826–1831), *Der Salon* (4 Bde., 1833–1840), *Ludwig Börne. Eine Denkschrift* (1840), *Neue Gedichte, Deutschland. Ein Wintermärchen* (1844), *Atta Troll. Ein Sommernachtstraum* (1847), *Romanzero* (1851), *Vermischte Schriften* (3 Bde., 1854), *Memoiren* (posthum 1884).

ZUM HERAUSGEBER

Jan-Christoph Hauschild, geboren 1955 in Leinsweiler bei Landau (Rheinland-Pfalz), wissenschaftlicher Mitarbeiter am Heinrich-Heine-Institut in Düsseldorf und freier Publizist (u.a. Biographien über Georg Büchner, Heinrich Heine, Heiner Müller und B. Traven), lebt in Bochum.

Im Verlag Hoffmann und Campe sind von ihm erschienen: Heinrich Heine: *Shakespeares Mädchen und Frauen und Kleinere literaturkritische Schriften* (Sämtliche Werke. Historisch-kritische Gesamtausgabe, hrsg. von Manfred Windfuhr, Bd. 10), 1993; *Das Heine Liederbuch. Noten – Texte – Kommentare* (hrsg. gemeinsam mit Babette Dorn), 2005; *Heinrich Heine Kalender 2006*; Heinrich Heine: *Im Pavillon am Jungfernstieg. Eine literarische Reise von Helgoland bis in den Harz*, 2006; *Heinrich Heine Kalender 2007*; Heinrich Heine: *Musik, das edle Ungetüm. Über Komponisten und Virtuosen*, 2012; *Verschwörung für die Gleichheit. Georg Büchners Leben, Traum und Tod*, 2013.